The Record by an Old Guy in the world of Virtual Reality Massively Multiplayer Online

とあるおっさんのVRMMO活動記

29

椎名ほわほわ
Shiina Howahowa

登場人物紹介
アース
本編の主人公。
マイペースなプレイぶりで
知る人ぞ知る存在に。
リアルでは38歳独身の
会社員、田《た》中《なか》大《だい》地《ち》。
アクア
妖精国の象徴・
ピカーシャの一体。
お忍びでアースの旅に
同行する。
龍ちゃん
龍の国の王女。
何かとアースに
接近してくる。
フェアリークィーン
妖精族の女王。
真面目に
国政に専念中。

雨龍《うりゅう》
双龍が一人。
妖しいほどの美女にして
凄腕の武人。
魔王様
魔族の頂点に立つ存在。
とてつもない力を誇る一方で、
意外な一面も……？
ゼタン
かつて「荒髪《あらがみ》」と呼ばれた
妖精族の勇士。
現在は冒険者を育てる
学校を運営している。
ルイ
エルフの村に住む、
アースの蹴りの師匠。

1

ＶＲＭＭＯゲーム「ワンモア・フリーライフ・オンライン」のサービス終了が発表されてからしばし――

アースこと自分は、獣人の国にある街の道具屋で用心棒を買って出ていた。

公式で発表された最終イベント開始までに、装備を強化して訓練したい輩《やから》が無理を通そうとしてくるケースが多々あったからだ。

◆　◆　◆

用心棒生活を始めて数日。このお店にやってきて暴れた連中が七組。一方で話を聞いたら状況を理解して素直に引いてくれたのが二十九組。

暴行で自分の都合を押し通そうとする愚《おろ》かな連中の方が遥《はる》かに少ない事実に、自分は内心で胸をなでおろしていた。皆が皆、暴徒化していたら、とてもじゃないが収められない。

「イベント開始まで、あと一か月と半分か。そろそろ情報が欲しいところだな」

自分と一緒に店先で用心棒をしてくれているジャグドの言葉に、自分とガルが頷《うなず》く。今日も用心棒をしながら、ジャグドとガルを相手に雑談を交わしている。

「イベント内容の詳細が分かれば、また風向きが変わるだろうからねー」

ガルの言う通りだ。全てを明かせとは言わないから、何かしらの情報が欲しい——そんなタイミングで、運営からのインフォメーションが入った。

「なんか来たぞ」

「見てみようぜ、運営からの知らせだしな」

「多分イベントについてだろうね。早速見よー」

インフォメーションの内容は、やっぱり最終イベントについてだった。

二つの塔はその内容が違う……まずは白い方からだ。白い塔は外のあらゆるフィールドをランダムで再現しており、中に入るまでどういう地形が出るかが分からない。モンスターも当然のように生息しており、戦うなり逃げるなりして対処する必要がある。

次に黒い方だが、こちらは地形が塔の中で統一されている。道も複雑ではなく、迷う事はまずない。ただし黒い方は白い方と比べてモンスターが段違いに強い。また塔の構造も単純なために、障害物などを利用したエンカウントを避ける方法を取れないようだ。

そして、どちらの塔にも共通するルールとして二十階ごとに試練が用意されており、これをクリアする事で先に進めるようになる。

さらに試練をクリアできなかった場合、五階下まで落とされるペナルティがある。なので試練は一回一回真剣にやった方が良い。

また、五階ごとに二つの塔を繋《つな》ぐ橋が架《か》かっており、この橋を渡ってもう一方の塔に移動する事が可能。

橋の中央には転送装置も存在し、この転送装置で宿屋、鍛冶屋《かじや》、食料品店などの冒険に必要な物が全て揃《そろ》う空間に行ける。補給や休息はここで取ってくれという事だな。

職人プレイヤーは、この空間に塔を経由せず行く事ができる。塔が解放されると同時に、塔の周囲にも転送装置が配備されるらしい。この方法で入った時に限り、塔と外の世界との行き来が可能なのだ。

塔をどこまで登ったのかはプレイヤーごとに記録されている。

つまり九十階まで登ったプレイヤーに、まだ十五階までしか登っていないプレイヤーが一気に九十階まで連れていってもらうなんていうインチキはできないという事だ。

塔内は全てパーティ専用のダンジョン扱いとなる。パーティを組んでいればそのメンバーだけ、パーティを組んでいなければ適当に組まされるか、ソロで行く事を選択するかになるようだ。

適当に組まされた場合は、メンバーによる難易度調整という救済措置が入る。

前衛がいないのに前衛がいなきゃ勝ち目のないモンスターが出るとか、〈盗賊〉スキル持ちがいないのに罠《わな》がいっぱいあって進めないとかいう事は起きないらしい。

また、塔内ではスキルのレベルアップが外の五倍ほど速くなるので、カンストまで上げる事も容易《たやす》くなるようだ。

逆に言えばカンストするまで修業しないと最終決戦が辛いという事の裏返しかもしれないが……

最終決戦についても明記されていた。

最後に戦う相手は巨大な女性である事。そして戦いの舞台は魔法陣を足場とした特殊なフィールドで、魔法陣が設置される高さは、女性のお腹よりやや上あたりになる。

つまりプレイヤーが攻撃できるのは上半身のみという事だ。女性は蹴りなどの攻撃は行わず、上半身のみで攻撃してくる。

この最終決戦に参戦できるのは、まず塔を登り切った者。

そして最終日前日に皆が観戦できる形でルーレットを回し、出た数を登頂プレイヤーの数にかけて追加の参加者数を決めるそうだ。最低値は一・五倍。最大で五倍……か。

最上階まで到達できれば、あとは好きな階層に簡単に行けるようになるそうだ。

「最終日まで好きなだけスキルのレベル上げができるので、心配せず最上階を目指せ！」と力いっぱい書かれていた。

「ほー、塔内はそういうブースト効果が適用されるんだな。まあ最終決戦でスキルレベルが低くて何もできねえって事はこれでなくなりそうだな」

「それだけじゃなく、今急いでカンストまで持っていく必要性がこれでなくなったから狩場とか街中が少し落ち着くんじゃないかなー」

ジャグドとガルは感想を言った。

自分も二人と同じような感想だ。ガルの言う通り、これなら今の状況はちょっと落ち着くだろう。むしろ落ち着かせるために運営が発表したと考えてもいいかもしれない。相当な苦情が上がっていたはずだしねえ、プレイヤーから。

自分は白い塔一択かな。黒で強いモンスター相手の連戦はちょっとな……運営がこう明記しているんだから、一人一人が強いだけの寄せ集めパーティじゃ多分大苦戦する。

「なんにせよ、これで今の状況が改善されてほしい。さすがにずっと用心棒生活を続けてはいられない……各地の知り合いに最後の挨拶をしておきたいしな」

自分がそう言うと、ジャグドとガルは「ああ、お前は知り合い多そうだもんな」という視線を向けてきた。ま、事実その通りなんだけど。

最低でもあと魔王様、蹴りの師匠であるルイさん、龍稀《りゅうけ》様や龍ちゃんに雨龍《うりゅう》師匠、サハギン族や人魚の皆さん、フェアリークィーン、ゼタン、ミーナには顔を出さないといけない。

それと、義賊団《ぎぞくだん》の解散、あるいは存続のための引き継ぎも残っている。まあこっちは塔に入る直前でいいだろうが。

とにかくそういう事を全て済ませてからじゃないと、塔には入れない。そういう事はきっちりやらないと、すっきりしないし不義理でもある。

「まあ、これで焦る奴はぐっと減るだろうよ。用心棒生活もそう長くはならねえだろ」

「まあ、残念に思う子もいるだろうけどねー？　アースはあの子にずいぶんと懐《なつ》かれてるし」

ああ、道具屋の娘のマリアちゃんの事だな。まあ、彼女の悩みを解決するのに多少協力したから、それで懐いてくれたんだろうけど。でも、このお店を出る時が今生《こんじょう》の別れだな。もう二度とこのお店に戻ってくる事はないから、これぱかりは仕方がない。

まさか連れていくわけにはいかないし、連れていったって、あと一年と一か月半でこの体は消滅する。なので結局マリアちゃんには泣いてもらう他ない。

「皆様、先ほど夫から連絡が入りました。材料の仕入れが終わってこちらに戻るとの事です。皆様には申し訳ありませんが、あと少しだけお願いいたします」

道具屋の奥さんが顔を出して言った。

そっか、あと少しか……ならそのあと少しの間、しっかりと用心棒を務めあげますかね。

◆　◆　◆

それから数日後、無事に帰ってきた道具屋の店主ことおっちゃんは、「痛風《つうふう》の洞窟《どうくつ》」に挑みたがるプレイヤーのための道具を頑張って生産し（一部は自分も手伝った）、商品の再販に漕《こ》ぎつけた。

商品が戻った事で暴れるプレイヤーもいなくなり、用心棒を続ける理由もなくなった。自分もいくつかの必要な器具を譲り受け、「痛風の洞窟」にアタックする準備も整った。

（いよいよ、ここを旅立つ日が来たな。明日のログインと同時に「痛風の洞窟」に向かうから、今日が最後だ）

もう全てを察しているマリアちゃんが自分から離れないので、そっと優しく頭をなでる。しばし時間が経《た》って眠ってしまったマリアちゃんを、奥さんに頼んで寝床に運んでもらった。そうして、自分は道具屋のおっちゃんと向き合う。

「先に発《た》たれた二人と、アース様のおかげで今回の危機を乗り切れました。本当に感謝します」

すでにジャグドとガルはここを発っている。グラッドと一度合流するんだそうだ。おっちゃんは二人にも報酬を渡していた。自分もすでに受け取っているが、マリアちゃんが離れなかったので出るのが遅くなった。

「知り合いの窮地《きゅうち》を、はいそうですかと見捨てられなかっただけです」

さすがに知り合いでも巨額の借金に対して連帯保証人になるとかはできない。

というか連帯保証人って、他人に借金押しつけてとんずらするための方法ってのが自分の認識なんだよねぇ……色んなドラマや漫画の影響があるのは事実だが、それを差っ引いても受ける気にはならんよ、あれは。

「またアース様にはお世話になってしまいました。本当ならもっと対価を払わなきゃならないのですが」

「それでお店の資金繰りが狂ったら元も子もないでしょう。自分だってそんな結末は望みませんよ」

せっかく助けたのにそんな形で潰《つぶ》れたなんて結末は嫌ですよ。それじゃなんのために動いたのか分からなくなってしまう。

「本音を言えば、ここにもっといてほしいですが……あなたは冒険者だ。あの塔に、挑むんでしょう？」

「ええ、そのつもりです」

挑んでほしいって、言われちゃってるからな。まあ、言われなくても挑んでいただろうけど。

「俺にできる事は、その旅が上手くいく事を祈るだけです……すみません、恩人に対してできる事があまりにも少なすぎる」

「いいえ、それで良いんです。祈ってくれる人がいる、それはとてもありがたい事ですから」

旅が上手くいくように祈るなんて口先で言う人は多いだろうが、本当に祈ってくれる人はそうそういない。

「そう言ってくれると助かります。本当に、ありがとう」

ゆっくりと頭を下げるおっちゃん。

うん、これで安心して旅に出られるな。明日からまた頑張ろう。

2

翌日、「ワンモア」にログインして、用心棒をやっていた道具屋をあとにした。

目指す先は「痛風の洞窟」の奥。そこで氷の迷宮の踏破と、闘技場での戦闘経験を得る。

数か所の難所を越えて、かなりのプレイヤーが狩りをしている氷の結晶地帯も抜け、氷のガーゴイルがいる場所へとやってきた。

「順に案内する、ちゃんと並べー！」

「並ばない奴は参加させねーからな！　そこ、割り込もうとするんじゃない！」

以前とは打って変わって、大勢のプレイヤーを相手に忙しそうにしているガーゴイルの二人。

これではゆっくり世間話もできないな。とりあえず自分も列の最後尾に並ぶか……

しかし数が多い。ここにもこんなにプレイヤーが押しかけているんだな。

「お前さんの目的は？」

「闘技場」

「んじゃこっちだな、別の奴がこの先は案内する」

「お前さんは？」

「闘技場！」

「じゃあ、こっちに行ってくれ」

ふむ、プレイヤー全員が闘技場目的で、他の場所に行くという人がいないぞ……これじゃ闘技場は盛況だろうが、他の場所は寂《さび》しい事になっていそうだな。っと、次は自分の番か。

「お、久しぶりだな。今日は何に挑戦するんだ？」

「以前踏破《とうは》できなかった氷の宮殿の迷路を」

「おお、闘技場以外に行くという奴は久々だ。じゃあ、あっちに案内役がいるからよ」

氷のガーゴイルの指さした先には久しぶりに見る宮殿の案内役の女性——グラキエスがいた。

彼女に従って、久々に氷の宮殿前にやってくる。以前はろくに進めず終わってしまったが、今の自分の能力ならきっと女王の謁見室《えっけんしつ》まで踏破できるはず。

開かれる迷路の入り口。臆《おく》する事なく歩を進める。

以前は色々とやられて醜態《しゅうたい》をさらしたが、今回は違う。明鏡止水の心で周囲をしっかりと見て、以前の挑戦後に得てきた経験で罠と道を見切る。

そうすると……一つある事が見えてきた。罠は多数あるが、一部、起動させないと道が開けない可能性が高い罠が混じっている。

(以前の挑戦では罠を発動させてはいけないと考えて、とにかく避け続けた。だが……そうだ。ここは複数のトラップが起動したあとに壁が崩れる仕組みになっているぞ。矢で射る事で罠のスイッチを起動させれば、安全に新しい道を切り開ける)

自分に被害が出ないように注意を払いながら、罠のスイッチを【重撲《じゅうぼく》の矢】で射る。氷でできたのこぎりとか槍とかが飛び出した後、壁が崩れて新しいルートが現れた。

こういう仕組みも、以前は見破れなかったな……今はこうして看破《かんぱ》できるのだから自分はきちんと成長しているのだなと感じる。

（だが、罠の殺意は非常に高い。きちんとどこから発動すれば安全なのかを丁寧に調べて、必要だと思われる罠のみを起動しないと……しかし、制限時間もある。もたもたしていられないというのが厳しいな）

崩れた壁の先にあるルートを調べながら、そんな事を頭の隅《すみ》で考える。

迷路は複雑で、仕掛けられている罠はどれもこれも一発アウトと思われるほどの危険性を秘めている。どうやらこのあたりは純粋に迷宮で惑《まど》わせて、集中力が減ったところを罠で仕留める仕様らしい。

だが、今さらそんな事をされた程度で集中力が落ちるようなやわな精神などしていない。戦いに継ぐ戦い、それに冒険によって、プレイヤーとしての自分も鍛えられている。

迷宮を抜けると、また空気が変わった。

罠の一つ一つの危険性は多少落ちたようだが、その代わり一つ起動すると次々と罠がコンボしてこちらを追い詰めるようになっているみたいだ。

例えば、壁がせり出てきて、押し出されたプレイヤーを床がはね飛ばす。すると、着地地点は最初のエリア……大幅な時間のロスを強要してくるといった感じだ。

他にも拘束《こうそく》したり、落とし穴に落として強制的にどこかに戻したりと、そんな罠がわんさかあった。拘束罠の方はわざと安全地帯から起動させて調べてみたが、必死でもがけばなんとか脱出は可能と思われる糸がまとわりつく仕組みだった。

落とし穴の方は〈義賊頭《ぎぞくがしら》〉をフル活用して調べた結果、かなり前まで戻されるようだと察知できた。多分これは間違っていない。

そんなエリアを注意深く進んでいると、また迷路の雰囲気が変わった。ふむ、今までの迷宮の要素を全て兼ね備えた最終エリアと言うべき場所だな。残り時間は十五分か……しかし、ここまで来て失敗するような真似は避けたい。できるだけ丁寧にかつ素早く進まねばならない。

幸い、罠の難度が急上昇しているという事はなかったが、罠が仕掛けられた道の長さは倍以上に延びていた。なので調べるのに時間を割《さ》かれる。それがこの迷路の製作者の狙いの一つなんだろう。要は焦らせて、判断ミスを誘う。

だが、その狙いには付き合わない。繰り返すが、ここに初めて来た時と今の自分では経験が違いすぎる。何度も厳しい戦いがあった、何度も修業した、様々な出来事があった。

そういった事全てが、今の自分の精神を作っている。今さらこの程度の事で心が揺らぐようじゃ、明鏡止水なんて言葉を用いたスキルを使う資格などない。

(澱《よど》まず、曇《くも》らず、ただ真っ直ぐに物事を見る。自分に都合良くも悪くも考えず、ただただ目の前の物を素直に、あるがままに……)

罠を見切る、罠が仕掛けられた道の先を見切る。

起動すべき罠を見破ったら、素早く安全地帯から起動させて先に歩を進める。

残り時間はもうわずかだが、それでも心は揺らがない。揺らいでしまえば、その時点で自分の負けだ。

そうして、いくつもの罠を回避し、必要な物だけを起動するという自分にとっては戦いだが、周囲から見れば非常に地味な絵面はついに終わりを迎えた。

罠を起動して崩した壁の先に、氷でできたゴールテープが見えた。

瞬間的に罠があるか否かの判断――自分の立っている場所とゴールの間にある罠の数、九十九！

（だが、罠と罠の間には歩けるだけの隙間《すきま》がある。それが一本の道となっているな。これが最後の迷路と言いたいわけか）

そこを通らなくても、罠をジャンプしてショートカットすれば……なんて考えも浮かぶが、それは通じない。ご丁寧に、罠の上を通過したら、ここにある全ての罠が起動するという罠が仕込まれているからだ。なのでこちらは製作者の作った道を想定通りに駆け抜ける他ない。

残り時間はもう見ていない。そんな行為は余計な遅延を生むだけ。ただひたすらに罠の張られていない一本道をひた走る事が最善。

だから走った。

わざと曲がりくねった形にしていると思われるこの一本道をはみ出さないように。

走って、走って、走り抜いて氷のゴールテープをぶち破った……

さて、間に合ったのか？

ゴールテープの先は謁見室と思われる部屋。自分は奥の玉座に座る女性——氷の女王を見上げる。

「——見事だ、人の子よ。わずかな差ではあるが、制限時間が過ぎるよりも汝《なんじ》の到達が先であった。汝の勝ちだ、皆、勝者に最大の祝福を！」

氷の女王の言葉のあとに、周囲にいた大勢のガーゴイルが拍手し、場が少し揺れたように感じた。

そうか、なんとか間に合ったか。しかし、この難易度では以前来た時の自分じゃどうあがいたってクリアできなかった。罠を相手にここまで集中したのは久しぶりだったな……

「そして、本来六名で挑むべきこの迷路を汝は一人で踏破した。何も物はやれぬが……氷の祝福ぐらいは授けてやろうぞ。今後、氷は、冷気は敵ではなく汝の身を護《まも》る鎧《よろい》となろう。盾となろう。覚えておくがよいぞ」

インフォメーションが起動して、称号に〈氷の祝福〉が追加された。これは魔法などではない、自然現象による冷気や氷が今後自分にダメージを与えないという事か。

限定条件ではあるが、助かるのは事実。ありがたくもらっておくとしよう。

「ありがとうございます、女王様。祝福に感謝いたします」

礼を言うと、女王は満足げに頷いた。

「こちらとしても最大限に楽しませてもらった礼だ。残念ながら敵意をもって向けられる魔法による氷や、武具に纏《まと》った冷気などは抑えられぬ。しかし、もし戦いの舞台で周囲に冷気があるのなら、氷があるのなら、それが汝を護るだろう。そして、祝福を欲する者が現れた時には伝えるがいい。この場に来て、一人で迷路を踏破せよと女王が言っていたと」

一人でクリアすれば、この祝福は誰にでも授けるという事ね。

なら、この能力を見た人があれこれ言ってきた時にはここに来いと伝えるとしますか。

なんにせよ、塔に入る前にやっておきたい事がここで一つ、片付いたな。

STATUS

【スキル一覧】

〈風迅狩弓《ふうじんかりゆみ》〉Lv50（The Limit!）〈砕蹴《さいしゅう》（エルフ流・限定師範代候補）〉Lv46

〈精密な指〉Lv69（↑2UP）〈小盾〉Lv44〈双龍蛇剣武術身体能力強化《そうりゅうじゃけんぶじゅつしんたいのうりょくきょうか》〉Lv2

〈魔剣の残滓《ざんし》・明鏡止水の境地〉Lv19〈百里眼《ひゃくりがん》〉Lv48〈隠蔽・改〉Lv7

〈義賊頭〉Lv90（↑1UP）〈妖精招来《ようせいしょうらい》〉Lv22（強制習得・昇格・控えスキルへの移動不可能）

追加能力スキル

〈黄龍変身《こうりゅうへんしん》・覚醒〉Lv??（使用不可）〈偶像《ぐうぞう》の魔王《まおう》〉Lv9

控えスキル
〈木工の経験者〉Lv14　〈釣り〉（LOST!）　〈人魚泳法〉Lv10
〈ドワーフ流鍛冶屋・史伝〉Lv99（The Limit!）　〈薬剤の経験者〉Lv43　〈医食同源料理人〉Lv25
ExP48
称号：妖精女王の意見者　一人で強者を討伐した者　ドラゴンと龍に関わった者
　妖精に祝福を受けた者　ドラゴンを調理した者　雲獣《うんじゅう》セラピスト　災いを砕きに行く者
　託された者　龍の盟友　ドラゴンスレイヤー（胃袋限定）　義賊　人魚を釣った人
　妖精国《ようせいこく》の隠れアイドル　悲しみの激情を知る者　メイドのご主人様（仮）　呪具の恋人
　魔王の代理人　人族半分辞めました　闇の盟友　魔王領の知られざる救世主　無謀者
　魔王の真実を知る魔王外の存在　天を穿《うが》つ者　魔王領名誉貴族
　氷の祝福（NEW!）
プレイヤーからの二つ名：妖精王候補（妬）　戦場の料理人
　獣の介錯《かいしゃく》を苦しませずに務めた者
強化を行ったアーツ：《ソニックハウンドアローLv5》
状態異常：［最大HP低下］［最大MP大幅低下］［黄龍封印］

3

迷宮を踏破したので、かつて戦い、必殺技である《幻闘乱迅脚《げんとうらんじんきゃく》》を教わったあいつにもう一度会うため、闘技場へと移動したのは良いのだが……

(なんじゃこの人の数は。まるでお盆《ぼん》や正月の帰省ラッシュ、Uターンラッシュ並みにぎっちぎちじゃないか……すさまじい人気だな)

闘技場の控え室に入り切らない、大勢の人が外にずらーっと並んでいる。

こんなにいるんじゃ、自分の番がやってくるのはいつになるんだろう……と思っていると、白い髪に白い着物の雪女さんがこちらに向かってやってくる。

ふむ、戦いたい相手の要望を聞いて回っているのか。氷でできた板に要望を書き込んでいるようだ。

「では次……あら、お久しぶりですね。ここに並んでいるという事は、戦う意思があるという事でいいですか？」

「ええ、もちろんです」

おそらく、初めてここに来た時にあれこれ説明してくれた雪女さんと同一人物だろう。結局乗せられて戦う事になったのがずっと前のような気がする。

「戦いたい相手の要望を先に聞いて回っているんです。この人数でしょう？　戦う直前で組み合わせを考えていたら時間がかかりすぎるのですよ」

「そうでしょうね……正直以前とは状況が全く違うので驚きましたよ。っと、希望を言わないといけませんね。自分は、以前ルーキー同士で戦ったワーウルフの姿をしたあいつとの再戦を希望します。戦い方も武器なしの体術のみという形式で」

自分の要望を聞いて、雪女さんが笑みを浮かべた。

「そうですか、要望は分かりました。ただし、あいつは以前とは比べ物にならないぐらい強くなっていますよ。油断していたら、一瞬で負けてしまわれるかと」

「以前と違うのは、こちらもですよ。ここで戦ったあと、何もせず何も経験せずただ時を過ごしてきたわけではないのですから」

その返答がお気に召したようで、雪女さんはそれは楽しみだと言わんばかりの深い笑みを浮かべた。うん、その表情が普通に怖いんだが、もちろんそれは顔には出さないし口にもしない。

氷の板に自分の要望を書き終えたようで、最後に「では、試合を楽しみにしています」と言い残して後ろの人の希望を聞きに回った。

それから三十分ほど後にようやく控え室の中に入れた。

その控え室の中にも大勢人がいて、かなり窮屈《きゅうくつ》ではあったが……そこからさらに十分弱待たされてやっと自分の番が回ってきた。

闘技場の中に入ると、大勢の拍手に迎えられる。観客席は満員で、「痛風の洞窟」に住む氷の住人とプレイヤーでぎっちりと埋め尽くされている。

ここで自分は剣や盾をはじめとした武器を、全て装備解除しておく。

『さあ、次の対戦はかつてルーキー同士で組まれた試合の再現となります！　場所は違えど腕を磨《みが》いてきた両者！　その結果が、ここではっきりとします！　ルールは一本勝負、双方武器はなしの体術限定！　どのような戦いが繰り広げられるのか非常に楽しみです！』

ああ、そういえばここには盛り上げ役がいるんだったか？　久しぶりだから忘れていたよ。

盛り上げ役の実況を聞きながら、氷のリングに上がる。反対側から上がってきた対戦者は——ああ、懐かしい。間違いなくあいつだ。氷でできたワーウルフ。

「久しぶりだな、こうして顔を合わせるのも戦うのも。どれだけ強くなったのか、確認といこうじゃないか」

「ああ、失望されないぐらいには経験を積んできたつもりだ。じゃあ、始めようか」

ワーウルフと自分は軽く言葉を交わし、リングの中央で拳《こぶし》を軽く合わせてからお互い後ろに飛んで勝負開始。

ふむ、外見の変化はないが、圧の強さは記憶の中にあったあいつとは段違いだな。これは確かに、かなり強くなっている。慎重に攻めよう。

考えはほぼ一緒だったようだ。お互いに一気に距離を詰めるという事はなく、ゆっくりと間合いをはかる形となった。だが、距離が詰まってからは――

「おらあ！」

「せいや！」

お互いのキックがぶつかる。

そこからは互いに蹴りの連撃が行われ、互いに攻撃を相殺《そうさい》し合う。静かな立ち上がりから一転して行われる激しい蹴りの打ち合いに闘技場が沸く。

そんな事に気が付けるのだから、自分は落ち着いている。以前戦った時はそんな事を気にする余裕なんか全くなかったという記憶がある。

「速くて、重い蹴りだな。相当な戦いをかいくぐってきたってのが分かるぜ！」

「そっちこそ、遥かに強くなってるじゃないか！」

そんな会話を交わしつつも、蹴りの応酬は止めない、止まらない。まだどちらの攻撃も決まって

いないが、そのファーストアタックで一気に勝負の行方《ゆくえ》が決してしまう事は時々ある。だからこそ、ここはお互いに譲れない辛抱所だ。少しでも気迫で負ければ、そのあとが辛くなる。

ロー、ミドル、ハイのキックがひたすらぶつかり合う状況が始まってから、どれぐらい過ぎただろう？

蹴りを繰り出すほどに、目の前の氷のワーウルフは本当に強くなったと感じる。こっちだって色々な戦いを通じて強くなってきたはずだが、それでもなかなか押し切れない。

でも、焦り始めてはいるようだ。蹴りの速度が、わずかだが確実に自分の方が速くなりつつある。それに伴って、向こうは防御するような動きが増え始めた。

「チィ！」

「そこ！」

「させるかよ！」

こちらが一気に攻めかからず、確実に削るための攻めを継続している事に、ますます氷のワーウルフの焦りが大きくなってきたようだ。

表情も少し前からとりつくろえていないし、蹴りの精度がわずかだが落ちてきている。

（——確実に、正確に、容赦《ようしゃ》なく。悪いがアーツとかに頼って一撃に賭《か》ける場面じゃない。コツコツと、そしてじわじわと削らせてもらう。我慢は結構得意になってるんでね）

内心でそんな事を思いながら、氷のワーウルフに蹴りを叩き込み続ける。

アーツに頼らず、自分の判断だけで攻め続けるやり方は今までの戦いで十分に学んで身につけた。

その我慢比べで、ついに蹴りを氷のワーウルフの腹に叩き込めた。

刺さったのはミドルキック。そのまま氷のワーウルフをある程度後ろに吹き飛ばした。

「グウゥ!?　ただのミドルキックがクソ重い……」

ワーウルフは腹を押さえる仕草を見せたが、膝をつく様子はない。

ダメージよりも驚きの方が上ってところか？　それとも隙を見せて、こちらが攻め込んだらカウンターアタックをしてくるのか？

……たったミドル一発で行動を阻害できるほど相手はやわじゃない、罠と思っておく方が良いな。

そう考えてじりじりと距離を詰める自分に対し、氷のワーウルフは少々悔しそうな表情を浮かべながら再び構えを取った。

やっぱり、罠か。こちらから飛びかかりでもしたら、何かしらの強烈なカウンター攻撃を仕掛けるつもりだったんだろう。狡猾《こうかつ》さも上がってるな。

「初見なのに引っかからねえか……」

不満そうだが、こっちだってそうそう思い通りに動いてやるわけにはいかないよ。

あえて狙いに乗ってさらにその先の手を打つという手段もあるが、これは相手の実力をきちんと見極めないと自爆に繋がる。

まだ目の前の相手は実力を隠しているはず……迂闊《うかつ》な行為は避けねば。

「あんな蹴り一発で、お前さんが大きなダメージを受けるとはとても思えなかったんでね」

こう返すと、舌打ちのあとに「いらない信頼をしてくれるなよ……」とぼやいていた。

ファーストアタックを取られた彼としては、カウンターという心理的な読み合いに勝って戦いの主導権を握りたかったのかもしれない。

もちろん、握られてはたまらないので、こちらは慎重に戦いを組み立てる。

が、さすがにまた見合っていては観戦客からブーイングの一つも飛んでくるだろうし、攻めるか。

不規則に速度を上げ下げしながら、ぬるりという言葉が似合うように動いて氷のワーウルフとの距離を詰める。そこからハイキック、のフェイント。出す途中で動きを止め、相手の反応を見る。

すると、氷のワーウルフはこのハイキックのフェイントに見事に反応し、ハイキックで合わせようとしてきた。

その蹴りを自分はしゃがみながら回避し、残った片足を払って転ばせる。転んだところに、水面蹴りモドキでさらに足を蹴って追撃した。

「やってくれるな！」

だが、この攻撃はあんまり効いていないな。すぐさま氷のワーウルフは立ち上がって構える。

自分も飛びのいて再び構えを取る。

先の水面蹴りモドキは結構上手く入ったと思ったんだが、芯《しん》をずらされたような感じがした。咄嗟《とっさ》にそういう防御行為を取ったんだろう。やっぱりそう簡単にいい一撃を通させてはくれないか。

再び睨み合うが……さて、次の一手はどうするかな。

考えていたら、氷のワーウルフは再び一気に距離を詰めてきた。

その間合いは、たとえるならボクシングのような距離。パンチを当てるにはちょうどいいが、キックを当てるとなると近すぎる立ち位置だ。こっちの蹴りを封じに来たわけだ。

「そら！」

さらにここぞとばかりに、氷のワーウルフは素早いパンチをいくつも繰り出してくる。

こちらも回避したりある程度捌《さば》いたりして対応するが、キックで反撃する暇《ひま》がない。

それが狙いか……攻撃されないようにこちらの動きを間合いと手数で念入りに潰すか。

しかも大振りなビッグパンチは一切ない。こちらの足止めと、削りに特化した素早く隙が少ないものばかりだ。

それでも氷の塊《かたまり》が吹っ飛んでくる強烈なパンチなので、直撃すれば相応のダメージを受けてしまうだろう。ここは丁寧に回避行動に専念し、時を待つべきだ。

それにしてもパンチの連打がすごいな。普通の人間なら、ここまで連続で攻撃を繰り出し続ければ酸欠になって動きが鈍《にぶ》ってくるのに、そういった事がいっさいない。

むしろパンチの数と威力が徐々に上がってきたような気がする——回避が忙しくなってきたから気のせいじゃない。

「まだまだまだぁ！」

ますます勢いに乗った氷のワーウルフは、パンチをより激しく繰り出してきた。

確実に一発一発が重くなってきている。なのに手数が一向に減らないどころか増え続けている。

攻撃力と速度の両立はそうそう叶うものじゃないはずなのに……待て。

両立しにくい物が両立する。すると、どこに負担がいく？

(決まっている、防御力だ！)

攻撃力と速度に意識を割けば防御に振るだけの余裕はなくなる。

この氷のワーウルフが持つスタミナが無尽蔵《むじんぞう》と仮定しても、ここまでの激しいラッシュをこうも続けられるのは何か仕掛けがあると考えるべきだろう。

最初の速度を重視している状態ならばともかく、今のラッシュは明らかに一発一発のパンチの重さがジャブではなくストレートの威力になっている。

にもかかわらず、速度はジャブのように素早く隙が少ない。

その対価がスタミナでないなら……確かめてみよう。

攻撃を捌きされないように振るまい、そして意図的に一発もらいながら反撃する。もちろん実際にもらうわけじゃなく、もらったように見せかけながら、だ。

『素晴らしいラッシュに、外套《がいとう》の男もタジタジか⁉　明らかに押され始めています！　このラッシュで勝負の流れが大きく傾くのかー⁉』

盛り上げ役のそんな声が耳に入ってくる。

そして、氷のワーウルフの目。彼の目が言っている。

ここで押し切って勝つという信念を持って攻撃を仕掛けていると、自分に語りかけている。

こんな目をするようになっていたんだな……だが、こちらも狙い通りに動いてやるわけにはいかない。

良いパンチが来た、こちらの防御を抜こうという意思が乗ったパンチが。

それをあえて受け止め、自分は吹き飛ばされる——ように見せかけて、サマーソルトキックのような蹴りを後ろに飛びながら放った。

狙いは顎《あご》。密着状態だったので、後ろに飛びながら蹴れば、ちょうどいいところに当たるはず。

狙いは、当たった。

まさに自分のつま先はアッパーカットの如《ごと》く、氷のワーウルフの顎を撃ち抜いた。

ここから先は、自分にとって全ての動きがスローモーションのように感じられた。

蹴り上げた後に着地し、顎を撃ち抜かれた事で完全に動きを止めている氷のワーウルフの姿を確認。

（普段のあいつなら、ダメージは受けてももう立て直せているはず。なのに、明らかにこちらが想定した以上のダメージを受けている）

やはり、なんらかの魔法かアーツを使っていたのだ。そうでなければいくら氷のワーウルフと言えど、あれほどのラッシュを威力と速度を維持したまま継続できるわけがない。

その代償は、やはり防御力。他のゲームでもそうだ、火力と引き換えに防御を犠牲にする技はいくつもある。

自分は地面を滑《すべ》るようにしながらスライディングキックを放つ。

氷のワーウルフは一切対応できずに足を刈られて地面に伏す。この時点で隠し切れない相当なダメージを受けていると確信した。

もしさっきまでの動きがダメージを受けたという演技だとしたら、こうしてもろにこちらの攻撃を受けて地面に突っ伏す理由はない。

自分はさらに動いた。地面に伏した彼の体を蹴り上げて宙に浮かせ、そこから《ハイパワーフルシュート》でさらに高く宙に飛ばす。

自分も《大跳躍《だいちょうやく》》であとを追う。

これで決めよう――そう考えて、浮いた氷のワーウルフに対してかかと落としを仕掛け、地面に叩き落とし……

「奥義《幻闘乱迅脚》！」

氷のワーウルフから教わった技を繰り出す。

分身の数は最小の四人。相手は地面に伏して動けない状態なので、外れる心配はない。

そして蹴りが深々と氷のワーウルフに突き刺さって……ここで自分の感覚がスローモーションから本来の状態に戻った。

『あ、ああ!?　追い詰められていたと思われる外套の男が一転してものすごいキックの連携技を炸《さく》裂《れつ》させたー!?　しかも連携のフィニッシュは彼の十八番《おはこ》である《幻闘乱迅脚》だー!?　さあ、立てるのか？　あれだけの攻撃を受けて立てるのかー!?』

盛り上げ役の叫びとともに、会場が沸いた。その沸いた声で目を覚ましたのか、氷のワーウルフは立ち上がろうとして……再び倒れ込んだ。

「……はは、ダメだ。ああ、負けを認める。しばらく立てねえわ」

『降伏の言葉が出た、勝負あったー！　勝者は外套の男、皆、盛大な拍手を！』

こうして、勝負は決着した。

勝負のあと、話をするために氷のワーウルフのところに行ってみると、彼は氷の椅子に座った格好で自分を迎えてくれた。

「おう、アース。いやー、見事に負けたわ。俺もこの闘技場で散々揉《も》まれて強くなったと思ってたんだけどな……言い訳のしようがないほどに見事に負かされちまったな」

そんな言葉とともに右手を差し出してきたので、自分も右手を出して握手。

「こっちはこっちで、色んなところで散々な目にあいながらも戦い抜いてきたからなぁ……お互い周囲に揉まれてきたってのは変わらんと思うよ」

自分がそう言うと、お互いに「ははは」と笑い声が出た。本当に、なんとなくだが笑った。

「こんな場所にいてもな、外の情報ってのはちらほら入ってきている。今はかなり大きく動いているらしいな。で、そんな中アースがここに来た……お前、あの塔に挑むつもりだろ？」

氷のワーウルフに、自分は無言で頷いた。

「だからよ、俺は悔しいぜ。お前が久しぶりに来て俺との勝負を望んだ……ピーンと来たね、最後のお別れをするためにここに来たって。だから最後に勝って、この場で勝ち逃げしてやったぜと言ってやるつもりだったんだがなぁ……なあ、あの塔は入ったら出られないって話なんだろ？　それでも行くのか？」

またも、自分は無言で頷いた。口にする言葉が咄嗟に思いつかなかったからだ。

「そうか、それじゃあ仕方ねえな……欲を言えば体が治ったらまた勝負したかったが、かなりダメージを受けちまったから完全回復までには時間がかかる。だが、良い蹴りだった。特に最後の《幻闘乱迅脚》、実によかったぜ。教えた甲斐があったというもんだ」

そう口にして、氷のワーウルフは視線を逸らして長く息を吐く。そしてまた口を開いた。

「なあ、よければでいいから教えてくれ。お前はあの入ったら出られない塔の中に何を求めているんだ？」

この問いなら、答えられるな。

「あの塔を作った存在に、人の意地って奴を見せに行く」

この返答を聞いた氷のワーウルフは最初、呆気にとられた表情を浮かべ――そしてにやっと笑った。

「そうか、人の意地を見せに行くのか。そりゃいいや、そしてそんな返答を聞いたのなら俺が止める理由はなくなっちまった。存分に見せてこいよ、塔を登りきった先にいる奴に嫌ってほど見せつけてこい」

自分も笑みを浮かべた。無論、そのつもりだったからな。

「ああ、存分に思い知らせてやるさ。人の意地を見たいなんて好奇心を持つと、大やけどするって事を教えないとな。だが、自分が挑む理由はあの塔の出来事が全て終わるまで、お前の心の中にしまっておいてくれないか」

「もちろんだ、応援は心の中でさせてもらうぜ」

軽く拳を合わせる。人の手と氷の手だが、その心の内にあるものは同じだと思う。思いたい。

「じゃあ、そろそろ行くよ」

「諦めるなよ、どんな困難があっても諦めなきゃなんとかなる。逆もしかりだ。お前なら分かるよな？」

「もちろんだ」

最後にそう言葉を交わし、その場をあとにした。

ここでやるべき事はほとんどこれで終わったな……あとは今日ログアウトする前に、義賊団の皆を呼び出さなきゃいけない。彼らにも伝えなければならない事がある。直接自分の口で。

4

獣人連合の街の宿屋で個室を取り、自分は時代劇の人が忍者なんかを呼ぶように、手を二回軽く叩いた。義賊の子分達を呼ぶ合図である。

「今来られる奴は全員集合だ。繰り返す、来られる奴は全員集まれ。直接話さなければならない大事な話がある」

そう呼びかければ、〈義賊頭〉で呼べるようになった手下達がぞろぞろと、小人リーダーを筆頭にこの場に集まった。相変わらず呼べばすぐに来る優秀な子分達だ。

「親分、どうしても手が離せない数名を除いてここに全員が集結いたしやした。大事なお話を伺わせていただきやす」

小人リーダーが集まった子分を代表してそう発言したので、自分は頷いてから話を切り出した。

「ああ、では始めるか。この義賊団だが、今後解散するか別の奴に頭を受け継がせて継続させるか。それをお前達に決めてもらうために今日は集まってもらった」

理由を告げると、普段は一糸《いっし》乱れぬ団結力を見せる子分達ですらざわめいた。

そのざわめきが完全に収まってから、自分は続ける。

「お前達もすでに知っているだろう、人族の街ファストの近くに現れた巨大な塔の存在を。俺は、あの塔に挑む……が、あの塔に入れば二度と出てはこれん。故に、俺が義賊の頭でいられる時間は残りわずかだ」

今度は誰も何も喋《しゃべ》る事なく自分の言葉に耳を傾けている。こういう時に騒ぐ奴がいないのは話を進めやすくていい。

「お前達も皆、表の仕事を見つけているようだしな。義賊から足を洗っても食いっぱぐれる心配をしなくて良いというのは実に助かる。親分として、足を洗わせたはいいが、その後生活に窮して今度はただの賊に成り下がるような人生を歩ませたとあっちゃあ、お天道様《てんとうさま》に顔向けできなくなっちまう」

こいつらが今すぐ足を洗っても生きていける生業《なりわい》があるってのは、安心できるってもんだ。

悪人以外が悪事に走る時は、寒さと飢えと住むところがないっていうコンボが理由になる事が多い。生活の基盤があるこいつらは大丈夫だ。

「むろん、新しい頭を据えて義賊を続けるってのも構わねえ。お前達は素晴らしい働きをしている。そのおかげで助かった人の数など、もはや数えきれん。そんなお前達がいなくなっちまったら困る連中もかなりいるだろう」

この言葉に、頷く子分は多かった。小さな問題などは、こいつらが個人の裁量で動いて解決してくれているからな。大捕り物の時以外は、自分が出ていく必要がないってぐらい子分達は優秀だ。だから突然いなくなったら、困る人も結構出てきちゃいそうなんだ。

「とにかく、まだ少し時間はある。考える時間は俺が塔に挑む直前までだ。その時にお前達をもう一度呼び出して一人一人の考えを聞こう。どんな結論を出しても、俺はお前達の考えを尊重する。

お前達は優秀だ、道を踏み外す事はねえだろうと信用しているからな。では解散だ、各自真剣に考えろ」

この言葉で、小人リーダー以外はすぐに姿を消した。

残った小人リーダーは、自分にいくつかの報告書を手渡してくる。

「親分、ここ最近の仕事の内容となりやす」

「ああ、見せてもらうぞ」

ふむ、極端にデカいヤマはないな。殺人をしようとしていた奴を止めたという報告がちょこちょこあるが、それ以外はまあ小悪党の範疇《はんちゅう》で被害が出る前に止めている。

うーん、義賊団解散の話を振ったのはマズかったかな？　こいつらがいなくなったら、今後被害がそこそこ出てしまうんじゃないか？

だが一度口にした言葉は引っ込められない。それに自分がいなくなる以上責任が持てないし、指揮もできないからなぁ。

「よくやってくれているな、頭として鼻が高いというものだ。しかし、大小の差こそあれど世から悪は消えぬものだな」

「親分が大きな悪を成敗してくださったおかげで、この程度で済んでいるとも考えられますがねえ……懲《こ》りねえ輩は残念ながらいなくならねえんでさ」

現実でも犯罪はごまんと起きているからなぁ……小人リーダーの言葉が耳に痛いよ。

「よし、問題はないな。義賊団としての活動は残りわずかとなるかもしれぬが、抜かるなよ」

「へい、心得ておりやす。それに親分が大きな仕事を果たしに行く以上、子分であるあっしらが足を引っ張るわけにはまいりやせん。今後団がどうなるかは分かりやせんが、あっしは今後一人でも義賊を続けやす。それがあっしの答えって奴でさぁ」

小人リーダーはそう答えを出したか。なら、その答えを自分は尊重するだけだ。

答えを出すのにかけた時間が長かろうが短かろうが、考えた上での答えであるならそれでいい。長く考えたからっていい答えが出るとは限らないし、その逆もまた然《しか》りなのだから。

「そうか、ならこれからも励め。影働きに必要な事は、お前はもうすでに全て理解しているだろう。俺があれこれ言うような事はしねえ」

「へい。ではあっしも失礼しやす」

そうして、小人リーダーも姿を消した。

彼が今後も働くのなら心配事も少なくて済むか……？　でも団員が減ったら、それだけリーダーの仕事量が増えちまうようなぁ。まあ、その時は彼の裁量で新しい団員を捕まえてくれればいいか。

なんにせよ、リーダー以外の団員がどういう答えを出すかは、塔に上る直前になるまでは分からないから後回しだな。

（まあ、自分が出張らなきゃいけない大事件が起きていないってのは助かったけどな）

報告書を処理しながら、ほっとする。

今後も最後の挨拶回りをしなきゃいけないいんだから、ここで厄介な大事件が起きるとかは勘弁してほしい。明日からは魔王領に出向いて、ピジャグ肉の料理を教えたあの店の様子を見に行ったあとに魔王城に向かおう。特に魔王様にはちゃんと挨拶をしておかないと。

（まあどういう順番にするにしろ、妖精国は一番最後だな。そこで長く付き合ってくれたピカーシャのアクアともお別れする事になる。寂しいけど、こればっかりは仕方がないよな）

義賊頭として行動している時は常に頭の上で静かに寝ているちび状態のアクアをそっと下ろして、静かに撫でる。

アクアが寝ぼけ眼で目を開けるが、自分が「寝てていいよ」と言うと、またそっと目を閉じて眠り始める。思い返せば、この子はこちらが聞かれたくない話をしている時は常に寝ていた……本当にできた子だ。ありがとうよ。

そのままアクアをしばらく撫でたあとに今日はログアウト。リアルでもすぐに就寝した。

◆　◆　◆

翌日、ログインした自分は、アクアに乗って魔王領へと向かっていた。人気《ひとけ》のないところは飛んでもらい、フォルカウスの街から多少離れた場所で降りて小さくなってもらう。

そのまま街に向かおうとしたところで――突如遠くから男性の悲鳴が聞こえてきた。

「誰か、誰か助けてくれ！　うおっ⁉」

声のした方向に急行すると、そこには商人と思《おぼ》しき人が数人と装備を整えて戦っている護衛らしき人が数人。そして魔王領にいるはずのスノーホワイトウルフが七匹。

一瞬、商人達がスノーホワイトウルフを捕らえて運送しているところを逃げられたのかと思ったが、もしそうだとしたら彼らが使っている馬車がもっと派手に壊れているはず。

馬車には商人達のものと思われる血が付いているものの、それ以外はきれいだ。繋がれている馬は大騒ぎしているが。

（はぐれモンスターって事か？　ともかく、無理に連れてきて反撃されたというわけでもないようだし、ここは救援を）

まだ、なぜスノーホワイトウルフがここにいるのかという疑問は解けていない。もしかすると馬車の中にスノーホワイトウルフの子供が捕らえられている展開もありうる。

なので自分は【八岐《やまた》の月《つき》】に矢を番《つが》えて、わざとスノーホワイトウルフ達の前に矢が刺さるように放った。足止めをして、そのうちに馬車の中を《危険察知》で、商人達を〈義賊頭〉でチェックする。

〈馬車の中に生命反応——なし！　〈義賊頭〉による悪人判定——悪人ではない。つまり彼らは単純に襲われただけというわけか〉

これなら、スノーホワイトウルフを倒してもいいだろう。だが、声だけはかけておくか。

「立ち去れ！　立ち去らなければ次は当てるぞ！」

この自分の声が予想外に効いたのか、スノーホワイトウルフ達は魔王領の方に向かって逃げていった。

護衛の人達も武器を下ろし、けが人の手当てに走った。商人が二人ほど、かなり深い傷を負わされている。スノーホワイトウルフの爪《つめ》か牙《きば》にやられたんだろう。

「手伝える事は？」

「いや、大丈夫だ。薬の備蓄もある。援護に感謝する……今なら十分に手当てが間に合う」

護衛の人達の手際は見事だな、手を出せばかえって邪魔になるだろう。

なので自分は【八岐の月】を持ったまま周囲の警戒に当たる。そりゃ《危険察知》があるんだから近くにいる、いないは分かるんだけどさ……それは自分だけだ。

商人さんや護衛の人達が同じような能力を持っているとは限らない。だから警戒している奴が一人いる、ってだけでも精神的に落ち着くはずだ。

「今は付近に何もいない、落ち着いて手当てをしても問題はなさそうだ」

「分かった、済まないがそのまま頼む。あと少しでこちらの治療も終わる」

その言葉に偽りはなく、数分後には攻撃を受けた全員の手当てが終わっていた。

馬車に繋がれていた馬も落ち着きを取り戻した。とりあえずこれで一安心かな。

「遅くなりましたが、先ほどの支援ありがとうございました。おかげで死者を出さずに済みました。私、各地を旅して商いをしております、ポールと申します」

と、ここで商人達の代表と思われる身なりがちょっといい男性が自分に挨拶してきた。

ただ、この人も顔や手に傷を負っており、手当てのあとがまだ痛々しい。

「いえ、たまたまフォルカウスの街に向かっている最中でして。声が聞こえたから駆けつけたまでです」

ポールさんは、少し考えてから新しい話を振ってきた。

「実は我々もフォルカウスに向かう途中でして。申し訳ないのですが、街まで護衛していただけませんか？　先ほどのスノーホワイトウルフの襲撃で、我々の護衛の皆様も私達を護るために相応の手傷を負いました。もう一度魔物や盗賊に襲われたら耐えきれるか分かりません。もちろん対価はお支払いいたします」

うーむ、確かに魔王領にしかいないはずのスノーホワイトウルフがここにいたのは気になるし……徒歩でもフォルカウスの街へは三十分かかるかどうかの距離だ。

護衛をしても大して時間は変わらんか。それに無視して街に向かっても絶対気になり続けるもんな、自分の性格からして。

「分かりました、魔王領に生息しているはずのスノーホワイトウルフがなぜここにいたのかも気になりますし、フォルカウスの街までの護衛は引き受けましょう。大した距離ではありませんが、よろしくお願いします」

そう言うと、ほっとした空気が流れた。

ふむ、確かに護衛の人達を再確認すると、スノーホワイトウルフの攻撃で防具のあちこちが破損している。これでは確かにもう一回襲撃を受けたらちょっと厳しいだろう。

護衛の人達の腕が悪いわけではないと思うから、これらは完全な不意打ちによるダメージかね？あとは防具の質がちょっと……といっても、自分が妖精国にいた時より遥かにいい物だが。

「受けてくださいますか、ありがとうございます。どうかよろしくお願いします」

ポールさんは、自分に向かって深々と頭を下げた。

こうして、短いながらも護衛の一人として同行する事になった。

「先ほどは助かったよ……その異様な弓から放たれた矢の勢いで、あの獰猛《どうもう》なスノーホワイトウルフ達の戦意が挫《くじ》かれたのを感じた。こんな人気のないところで、最高の助けが来てくれた」

歩き始めてすぐ、護衛の人のうちの一人がそう話しかけてきた。

「状況が分からなかったので、ああしたんですけどね。ウルフ系は下手に殺すと仲間の敵討《かたきう》ちを果たすまで引かなくなる可能性があるので」

そんな性質が「ワンモア」のウルフ系にあるなんて話は知らない。なのでこれは適当な誤魔化しだ。

彼らが悪党か否かを見極める時間が必要だったから取った手段である、なんて言えるはずがない。義賊が悪党を助けたなんて事になったら笑い話にもならない。その時は知らなかったとしても、な。

「ああ、その可能性はあったかもしれないな。ウルフ系の中には自分の家族を傷つけられたら、己が死のうとも最後まで戦う種があると聞く。あの場でそうなったら被害は確かに広がったか……その判断にも感謝しないとならないな」

納得したのか、うんうんと頷く護衛。まあ納得してくれたのであればそれで良い。

あとはちょこちょこたわいない話をしながら、フォルカウスの街まで行くだけだ。今のところ周囲に敵の反応はない。このまま二十分ほど護衛をしていればいい。

と、素直にいかないのはお約束なんだろうか？

《危険察知》に敵の反応が引っかかった。モンスターじゃない、人間だ。

そうなると野盗《やとう》か。こちらを待ち受けるような形で布陣している。数は——二十八人。そこそこ多いな……真っ向勝負だと少々面倒だ。

「全員止まってくれ。この先に野盗と思しき連中の気配を感じた」

すぐさま馬車が動きを止める。馬車からポールさんが下りてきた。

「野盗の反応とおっしゃったようですが、間違いないのですか？」

「三十人弱が陣形を展開して、この先に待ち構えていると感じました……スノーホワイトウルフは、もしかしたらこの野盗達に飼いならされていたのかもしれない。疑うのであれば、身軽な人が確認してくれればいい」

自分の発言を受けて、護衛の一人が最低限の装備に絞《しぼ》って静かに先行し——五分ほどで戻ってきた。

「そいつの言う通りだった。人数も大体合ってる。強行突破は無理だ、包囲されちまう。道にはご丁寧に木でできた拒馬槍《きょばそう》まであるから、馬の突破力でごり押しもできないぞ」

——拒馬槍まであるのか。なお、参考までに……拒馬槍とは、古代中国で使われていた兵器であり、大体三メートルほどの木に槍を複数固定して立てかけるというものである。構造が単純故に作りやすく、それでいて馬の足を止める能力はかなりのもの。

馬がいくつも並んだ槍の穂先を嫌がるという事は容易に想像がつくかと思う。

「十中八九、先のスノーホワイトウルフはそいつらの手下だな。こちらに馬車があると知ったから拒馬槍まで用意してきたと考える方が自然だろう。しかし、野盗が三十人か……存在を早めに知れたのはありがたいが、どうしたものか。回り道をすれば相当な時間がかかるし、向こうだってそれを見越した行動を取ってくるかもしれぬ」

話を聞いた護衛の中でも年長者と思われる男がそう言うと、周囲も唸《うな》る。こちらは戦えるのは数人、しかも護衛対象もいる。向こうは約三十人いて護衛すべきものは何もない。

こちら側が圧倒的に不利なのは言うまでもない。それに、運んでいる商品を差し出すというのも却下だ。そんな事をしたら、商人達が収入を失ってここの命は助かっても先がない。

「ならば、こちらが不意を突き、最初の強襲で少しでも数を減らして五分に持っていくしかないでしょうね。向こうはまだこちらが気が付いたとは思っていないでしょう。ならばそこを突く他ないと考えますが」

自分が提案すると、視線が集まる。やがて、先ほどの年長者が再び口を開いた。

「ううむ、他の案が出ない以上、それしかないか。しかし、不意を打つとはいえ、こちらは護衛が主な仕事でな。そういった経験はほとんどないのだ。そんな付け焼き刃ですらない攻撃がそう上手くいくか……」

なるほど、そういう心配があったか。確かに経験がない事をやるってのは怖い、それもぶっつけ本番ならなおさら。なら、ここは自分が引っ張るか……

「なら、身軽で弓が得意な人を二人貸してくれませんか？　自分が仕掛けますので」

5

商人と護衛が歩き続ける事しばし。拒馬槍があるところの近くまで来ると、大勢の男達が姿を見せた。当然のように、全員が剣や斧、槍などの刃物を抜刀している。

「おおーっと、そこで止まりな。ここは関所だ、通りたかったら定められた税金を支払ってもらうぜ！」

親分らしき男がそう叫ぶと、周囲の男達も次々と「げっへっへ」みたいな上品とは言えない汚い笑い声を上げる。

「関所だと？　ここに関所などなかったはずだが？」

「それは以前来た時の話だろ？　今はあるんだよ！　さあ、さっさと税金を払いな！」

「ちなみにいくらだ？」

「ああ、それはなぁ……お前らの持っている金になるもの全部だよ！」

護衛とのそんな会話のあとに、野盗としての本性を現した男達が商人と護衛に向かって攻撃を仕掛けようとしたまさにその瞬間——

地面に落ちた【強化《きょうか》オイル】が複数の火柱を上げ、近くにいた野盗の身を焼いた。野盗達から悲鳴が上がる中……自分は狙い通りだとほっとしていた。

時間は少しだけ巻き戻る。弓が得意な護衛二人を借りた自分は、その二人に近くの岩の陰に隠れてもらった。

ここならば矢の射線を防ぐものはなく、反撃されたらしゃがめば岩が盾になってくれる。

「では、このあと連中が襲いかかろうとしたところで自分が火柱を上げますので、その火柱が見えたら野盗に矢を放ってください」

「それは分かったが、ここからその火柱を上げる魔法を唱えるのか？」

「いえ、もうちょっと連中の近くに忍び寄って仕掛けますので……ここからは離れます」

そう言い残して自分は野盗達の左後方まで移動。ここには背の高い草が生えており、自然のブラインドとなっているため身を隠すのが楽だったので選択した。

そして、タイミングを見計らって【強化オイル】を野盗達に投げつけたというわけだ。

「伏兵だと⁉　どこにいやがる⁉」

「ぎゃあ！」

「矢が飛んできたぞ、どこだ⁉」

自分の【強化オイル】による炎上と、伏せておいた弓使いの二人による不意打ちは見事に決まった。数の上では優勢な野盗達だったが、突如上がった火柱に身を焼かれた事と予想外の方向から矢が飛んできた事が重なって、パニック状態に陥っていた。

こいつらは、数の優位を活かして一方的な虐殺《ぎゃくさつ》はできるが、不意打ちを受けた時の心構えはなんにもなかったようだ。

「奴らを撃て！　逃がせばまた商人達の商品と命が狙われる！　討伐しろ！」

商人の近くにいた護衛の皆さんも、弓を取り出して次々と混乱状態の野盗に対して矢を射かける。

野盗達はその数を減らしていく。

今回の野盗、一人一人は弱いみたいだな。もう半分ぐらいまで減ったぞ……

「おい、ログフ！　いつまで大騒ぎしてやがる！　さっさとあの犬どもをけしかけろ！　てめえが指示を出さなきゃ動かねえだろう！」

「おお、すまねえ！　犬ども出番だ、さっさとあいつらを血祭りにあげやがれ！」

そんな声とともに、ログフと言われたぼっさぼさのひげを蓄えた男が、短い笛を吹くところを

〈百里眼〉が捉えた。

もしかしなくても、犬笛か。犬笛ってうろ覚えの知識が間違っていなければ、人の耳には聞こえない周波数の音が出てるんだっけか？

とにかく、《危険察知》でこちらに近寄ってくる存在を確認せねば。

（来てる、スノーホワイトウルフだ。結構遠くにいたんだな……犬笛の呼びかけに応えて来るように訓練されていたのか。やってくる方向から予測すると、自分がいる場所の前を横切るな。ならばタイミングを計って、スノーホワイトウルフ達も【強化オイル】で焼いてしまおう）

状況はすでに護衛の皆さんが圧倒的に優位だ。自分が少しの間手を出さなくても問題はない。

あとはこのスノーホワイトウルフの横やりで形勢逆転されなければ、大丈夫だろう。

タイミングを見計らい……スノーホワイトウルフ達が自分の前方を突っ切るところで、【強化オイル】を複数ぶん投げた。

「ギャイィン！」

「ヒィン！　ヒィン！」

炎に焼かれて、スノーホワイトウルフ達が悲鳴を上げながらのたうち回る。

そんなスノーホワイトウルフ達に対して、草むらから飛び出した自分は【レガリオン】で首を次々と切り裂き、とどめを刺す。

体を火で焼かれる苦しみを長引かせないための介錯も兼ねていた。

「犬っころが⁉　てめえ何もんだ！」

「お前らの敵だよ、そんな事も瞬時に分からんのかド阿呆《あほ》が！」

起死回生の一手を潰された事で激高《げきこう》したログフと呼ばれた男に、自分はそう怒鳴り返し、盾である【食らいつく者・クラネスパワー】に仕込まれているアンカーを久々に起動する。

盾から撃ち出されたアンカーの先端部は、自分が狙った通りに飛んでログフの顔面を捉え、容赦なく締め上げる。

「ぎゃあああ⁉」

「発射！」

さらにアンカーに仕込まれている砲塔から、威力をとんでもなく高められた魔法――ウィンドニードルが三発連続で発射される。

当然、顔面を拘束されているログフに回避できるはずもない。三発ともしっかりと顔面に撃ち込まれてジ・エンドである。

クラネスさんが作った砲塔の魔法威力の強化はえげつないレベルだな。

「お頭《かしら》！　ログフまでやられた！　ログフの犬っころも全滅だ！」

「畜生《ちくしょう》が！　なんだってこんな事に！」

生き残っている野盗達の間でそんな会話が行われたが……そりゃお前達が悪事を働いていたからでしょうが。

自分が今日ここにいなくたって、いつかはこんな日が来たはずである。

ただ、こいつらの命運が尽きたのが、たまたま今日だったというだけにすぎない。

「あと少しだ、全滅させろ！」

「撃て撃て！　こんな奴らは生かしておく理由はない、始末しろ！」

一方で護衛の皆さんの士気は高まる一方。次々と野盗は討ち取られ、なんの因果か……生き残った最後の一人はこの野盗達の親分だった。

「お前が親分だな？　部下達はもう全員死んだ。お前もしっかりと始末させてもらう」

「お前のような奴を逃がせば、また別の場所で同じ事をやるに決まっている。絶対にここで殺す」

自分と護衛の皆さんがジリジリと野盗の親分に向かって距離を詰める。

そして自分を除く全員が飛び掛かったところで……野盗の親分は、素早く懐《ふところ》に手を入れ、取り出した何かを地面に叩きつけて煙幕《えんまく》を展開した。

実に動きがスムーズだった、手慣れているな。

「これは煙幕か!?」

「く、どこに行きやがった！」

「ダメだ、逃がすな！　誰でもいい、奴に攻撃を加えるんだ！」

「畜生が、見えねえっ!!」

部下が死んでいく中でも使わず、自分一人が助かるためだけに煙幕を発生させる道具を隠し持っていたんだろう。声で位置がばれる事を警戒して、負け惜しみの一言も言わずに逃げる姿からも、何度も同じ事をやってきた経験があると窺《うかが》える。

でもね、残念だがお前の命日は今日なんだよ。

「ギャアアアア!?」

煙幕で目を塞《ふさ》いでも、《危険察知》先生の探知から逃れる事はできない。

位置が分かれば、あとは経験でどう矢を放てば当たるのかは体が知っている。

煙幕が晴れたあとに現れた野盗の親分は、右足と左肩あたりに自分が放った矢が刺さってうめいていた。

「あの煙幕の中で……よく当ててくれた！」

護衛の一人からよくやったと褒められたが、自分の力じゃなくて《危険察知》先生のおかげだからなぁ。まあ、そんな事を一々言っていても仕方がない。とりあえずこの場は頷いておく事にする。

そして、再び全員で野盗の親分を取り囲んだ。

「こいつ、確か……そうだ、思い出したぞ！　賞金首のジェイルフだ！　間違いない！　商人殺しのジェイルフだ！」

「やっぱりそういう悪党だったか。首を落としていくとしよう。フォルカウスの兵士詰め所に報告すれば報酬が出るはずだ」

「報酬云々《うんぬん》より、こんな危険な奴は放置できねえ」

どうやら護衛の皆さんの中では、ある程度の有名人だったらしい。もちろん悪い意味での……

当然ジェイルフは首を落とされる事となる。ただその前に必死の命乞《いのちご》いをしてきたので、自分はこう言ってやった。

「そんな命乞いをした商人達を、お前は見逃したか？　散々弄《もてあそ》んでから殺してきたんだろう？　それなのに自分が殺される番となったら助けてくれというのは、あまりにも虫が良すぎる話だろう？　違うか？」

護衛の人だけでなく商人の皆さんまで頷いていた。もうどうあっても助からないと理解したジェイルフの顔は、青を通り越して白くなっていたが。

まあ、そんな顔色になるような事を今まで他の人にやってきた以上……自分も同じ事をやられるのは当然の結果である。

「これで一人、厄介な奴が消えたな。本当に良かった」

「フォルカウスを通じて、ジェイルフの死は各国に伝わるだろう。これで商人達の旅も少しは穏やかなものになるだろうな」

「新しい悪党が出てこなければ、だが」

そんな話を護衛の人達としながら、歩を進める。フォルカウスまで、あと少しだ。

6

野盗が再び襲ってくるという事はさすがになく、ようやくフォルカウスに到着した。護衛の人達は商人さんとここでお別れのようだ。

報酬をもらっている、と思ったら自分にもくれたよ。五万グローほどね。護衛した時間の短さからすれば多いだろう。

あとは護衛の人達と一緒にジェイルフの死を報告すべく、フォルカウスの兵士詰め所へ。

「ん、どうした？　我らに何か用事があるのか？」

「ああ、商人殺しのジェイルフを討ち取った。確認と賞金を頼みたい」

詰め所の中に入り、護衛の人がジェイルフの身に着けていたもの渡す。詰め所の人達が数人がかりであれこれ確認している。

「間違いなくジェイルフのものであると確認できた。よくぞ討ち取ってくれた、感謝する。では報酬の七十万グローだ、受け取ってくれ」

お金の入った袋が手渡され、受け取った護衛の人が念のために確認。間違いなく七十万グローが入っていたのでこれで話はおしまいだ。で、自分には分け前として十万グローを譲ってくれた。

「今回は助かった。また縁があれば一緒に仕事をしたいものだな」

そう言い残し、護衛の人達は立ち去っていった。ここでリアルの時間を確認すると……うん、魔王領の最初の街に到着できるぐらいの時間はあるか。

そう考えて、魔王領に入るための入国手続きを行う場所に向かったのだが……

「ささ、どうぞどうぞ」

「待ってください。並んでいる人が大勢いるのですから、ちゃんと順番を待ちます。特別扱いは遠慮します」

「しかし……」

魔王様からもらったマントの真の姿が見える高位魔族の方がいたようで、その女性の魔族に全ての審査をパス&並んでいる人を完全に追い抜いて優先的に通過させられそうになった。

当然並んでいる人達からは冷たい視線を送られる……その圧に負けたわけじゃないが、今は急いでるわけじゃないんだから、きちんと一般的なルールに従って行動したい。

「あなた様がそうおっしゃるのでしたら……」

そう言って引いてくれて助かった。なんか少ししょんぼりしてたようにも見えたが、緊急事態が発生していない時は他の人と同じ扱いをしてほしい。

うん、これも無理なお願いになるのかな？　このマントの真の姿が見えるって事はかなり上位の魔族の方なんだろうし、そうなれば当然、自分が魔王に変身できる事も知っている可能性が高い。

（魔王を並ばせてるなんていう、気が休まらない状態にしちゃってるのかねぇ）

そんな事を考えていると、やっぱりあんな風に声をかけられた事が周囲の人の興味を引いてしまった。無理もないっちゃないんだろうけど……

「なあ、なんであんな風に扱ってもらえるんだ？」

「魔王領に住む人とは結構仲良くなってるんだけど、あんな扱い受けた事はないわよ？」

「そうそう、こういう決まり事には友人であっても厳格にってのが魔王領の人達の考えなのに」

「しかもさっきの人、かなりの高官でしょ？　そんな人が基本的なルールを曲げるって」

やいのやいの、矢継《やつ》ぎ早《ばや》に質問が飛んできて処理しきれない。

自分は聖徳太子じゃないんだから……とにかく黙っていても解決しそうにないし、言える部分は言うか。

「ちょっと前に魔王領の人達と共同戦線を張った事があってね……」

「それなら俺も何度もあるけど、あんな扱い受けた事はないぞ？」

あぁもう、早速否定してくれちゃって。

本当の事は絶対に言えないから適当に誤魔化したいのに、面倒すぎる。

「そう言われてもなぁ……回数じゃなく質が重かったんだろうねぇ」

「質が重いってどういう事なの？　何をしたのか教えてもらえないと、判断できないよ」

あー、やっぱり突っ込んでくるか。仕方がない、もう切り札をさっさと切っちゃおう。

言えない事は言えないとちゃんと言わなきゃね。

「この件に対しての詳しい話を知りたいのなら、魔王様や四天王の皆さんに話を聞いてください。これで察せないのなら、魔王様に喧嘩《けんか》を売る事になります」

魔王領の機密を自分はいくつも知ってるからな、絶対そこら辺を喋るわけにはいかない。

そんな大事な事をペラペラ喋れば信頼は全て消失する。それだけでなく、信じてくれている魔王様達への裏切りでもある。

「聞けるわけねえだろ！　魔王様と直接話せる状況自体がねえよ！」

「四天王の人達だって無理でしょ。遠巻きに見た事が何回かあったけど、直接話したいなんて不可能だわ」

「やべぇ、つまりこれ以上根掘り葉掘り聞こうとしたら、魔王様を敵に回すって事じゃ……」

最後の一人の言葉が引き金になって、その場の全員が揃って自分から目を背けた。

だが、その反応は正しい。正直自分の知っている事を知ったら、魔王様か四天王の皆さんの誰かが最優先排除対象として殺しに来ると思うよ。もちろん物理的な意味で……魔王領とか魔王様の秘密とかもろに知ってるからね、自分。


人の圧が（恐怖で？）引いて、ようやくゆっくりと順番待ちができるようになってから大体十分弱。自分の魔王領入国は顔パスならぬマントパスですんなり通過。

まあ、これぐらいは良いだろ。女性魔族さんの顔もある程度は立ててあげないと、恥をかかせただけになってしまうからね。

「このようなところでお会いできるとは思いませんでした。あなた様の魔王領に対する貢献の数々は伺っております。これからも、私達と仲良くしていただければ幸いでございます」

入国の際にそんな事を言われたけどね……あと一月弱でもう塔の中に入っているはずだから、この訪問が最後になるんだよ。もちろんそんな事を面と向かって口にするような真似はしないけどさ……

そうそう、塔と言えば新しい情報の発表が公式ＨＰで行われた。

それは『契約妖精は塔の中に連れていけない』という事と、『今までの付き合い方によって、契約妖精が最後のプレゼントをくれるかもしれない』という事の二点だった。

この点に対して、かなりの改善要求が運営に飛んだらしい。

契約妖精と最後まで戦い抜くものとばっかり考えていた大半の人達からしてみれば、当然だろう。戦力の一つであり、特に仲良くしている人達は契約妖精との連携ありきでスキルを揃えてきた人だっている。それがバッサリと連れていけませんとなれば、不満が爆発するのは当たり前の事。

だが、運営は頑《かたく》なに変更を加えないという返答をしているらしい。

最後のプレゼントがどういうものかが明らかにされていないのだが、それでどうにかなるように調整されているからという意見もよく見る。

もしかしたら契約妖精の分身なんじゃね？　という予想が今のところダントツである。

なので、一番困っているのは見限られるわけではないが、あまり仲良くもなれていないという中途半端な方々。単純に戦力がガタ落ちするのは、ラストコンテンツに参加するのに苦行すぎるって事で、ひたすら運営にメールを飛ばす日々だとか。

まあ時間的に、契約妖精と仲良くなるだけの猶予《ゆうよ》はないので仕方がないのか。

なんて事を考えている内に、街が見えてきた。

今日は周囲に人がいるから、アクアに乗っての時間節約ができなかったのであの街で宿屋を取ってログアウトだな。明日はピジャグ肉の料理を伝えたここじゃない街に行って最後の挨拶をしたあ

と に、魔王城に行こうか。

街に入って宿屋を探す。三件目で空き部屋のある宿屋を見つける事ができた。

結構泊まっている人がいるんだな。魔王領でスキルレベル上げの追い込みをしているっていう人も結構いるようだし、その影響か？

ログアウト予定時間までは……うん、もうちょっとあるな。久々に街を散歩してみようかね。

街を歩くが、露店を出している人達の威勢《いせい》のいい声が良く聞こえる。

食べ物系も出ているし……アクアが興味を覚えたものを買って食べるのもいいかな。アクアに伝えると、嬉しそうに一鳴きして話に乗ってきた。さて、何がありますかね～？

そうしてアクアがチョイスした食べ物は、プレイヤーが出していた麻婆豆腐《マーボーどうふ》でした。

幸い中辛だったので、自分でも食べられる。四川《しせん》の本格麻婆豆腐なんて辛すぎて食えないからねえ……その辛いのを豆腐の甘みと一緒に食うのがいいらしいけど、翌日トイレが地獄になるのが確定するからどっちにしろ嫌だな。

「ぴゅい♪　ぴゅいい♪」

アクアは大喜びで中辛の麻婆豆腐をぱくついている。自分も食べているが、結構辛い。

でも豆腐の甘みのおかげで、がつがついける。そして体が温まる……素晴らしいバランスで作られているな、本当に美味しい。

「ぴゅい！」

「お代わりが欲しい、と？」

「ぴゅい！」

アクアがお代わり要求って珍しいな？　もしかして辛いものが好きだったのかな？　それともこの美味しい麻婆豆腐が気に入ったのかね……せっかくなので自分もあと一皿食べる事にした。

二人でお代わりの皿もかき込んで堪能《たんのう》する。

食べ終えたあとにアクアと一緒に満足のため息を吐き出した……美味かった。

食事を終えるとちょうどいい時間を迎えていたので、宿屋に戻ってログアウト。

さて、あのお店は繁盛《はんじょう》しているだろうか？　なくなっている事はないと思いたいけど。

◆　◆　◆

翌日ログインし、ピジャグ肉の角煮や生姜《しょうが》焼きを教えたあの店へと向かう。

街と街の間は例によって人気がなくなったらアクアに乗って移動したために、かかった時間は短く戦闘も起きていない。

街中に入って店のある方向にある程度歩いたところで、それは目に入ってきた。

（行列……この行列の先があの店なら、良いんだけどな）

行列の邪魔をしないようにしながらその先を目指すと——

そこには自分の記憶よりも大きくなったお店が。それだけではなく、同じ料理を出していると思われる店が近くに二軒《けん》も出ていた。

行列を作っているお客さんは、整理員の案内に従って三軒に分かれて入っていくようだ。

（こりゃ、今挨拶に行くのはやめた方がいいな。お客が完全に引いてから出直した方が迷惑をかけずに済むだろう）

そう考えているところに、整理員と思しき一人の魔族の女性が近寄ってきた。

ふむ、彼女かなり強いな。感覚で分かる。

「ここのルールを知らない人か？　もしこのお店に入るのであれば、列に並んでもらわなければならない決まりなんだ」

どうやら、自分がここのお店の食事を求めてきた客の一人と思ったようだ。

誤解を解いて立ち去っておこう。ついでに今から宿も探しておくか。

「ああ、いえ。この行列はいったい何事なのかと思いまして。以前この街に来た時にはこんな行列はなかったものですから。ここまでの行列ができるお店があると分かったので、迷惑になる前に立ち去るつもりでした」

そう口にすると、列の方から少し感じていた圧が消えた。

大丈夫だって、並んでいる人を差し置いて横から入るような真似はしないよ。あれ、やられるとひどく腹が立つからねぇ。こっちが時間をかけて大人しく待っているのに、その前にポンと入って何食わぬ顔をしている連中に苛立ちを覚えた記憶は何度かある。

「ああ、そういう事か。たまにそういう理由でここまで来る者はいるからな。ここの店が出すピジャグ肉は魔族垂涎《すいぜん》の味で、何度か並ばずに食おうとして揉め事を起こした阿呆が何人かいたのでな。今は私のような者が整理をしているのだ」

どうやら自分がここをあとにしてから、そういう事があったようだ。発つ前から人気は出ていたし、問題も起きていたが……その後も何度かあって、やむなく対処ができる人を雇ったというところか。

「なるほど……お仕事の邪魔をして申し訳ありません。それでは失礼します」

「ああ、食べたい時はきちんと並んでくれよ。そうすれば誰も文句は言わん」

整理員の魔族の女性と会話をしたあとに別れ、自分はこの街の宿を取った。

部屋に入り、周囲を確認すると、小人リーダーを呼び出した。

「親分、お呼びで？」

「少々、探ってもらいたい事がある」

自分はあのお店の近況を調べろと小人リーダーに指示を飛ばした。

何もなければそれでいいが、もし誰かがくだらない事をしようとしているなら……相応の行動をとらねばならん。

まあ、これは念のためだ。もし大きな問題があれば、小人リーダーが自分になんの情報も上げないはずがないのだから。

「分かりやした、あのピジャグ肉の料理を出す人気の店でやすね。あの店の従業員は全員何も悪さをしていねえ真っ白な連中でさ。その連中を害しようとしている奴はいるかもしれやせん、すぐに探ってきやす」

あとは小人リーダーに任せよう。どうせ夜が更けて店じまいになるまでやる事はあまりないんだ。使った【強化オイル】などの補充をして時間を潰そう。


そして夜。小人リーダーが戻ってきた。

「親分、戻りやした。過去にちょっかいをかけていた奴らは確かにいたようですがね、今は問題ないようですぜ。放火したり毒殺したりなどの危害を加えようとする奴は確認できやせん。まあ、そんな事をすれば、あの店をひいきにしている魔族全員に追われる事になるでしょうからな。小悪党共も手が出せねえ状態になっておりやす」

ふむ、そういう事なら問題はないか。以前は店にケチをつけに来た奴もいたが、そういう連中も手が出せない状態ならこちらが手を出す事もない。

「そうか、ご苦労だった」

「へい、では失礼しやす」

そう言い残して小人リーダーは姿を消す。

さてと、そろそろ閉店の頃合いかな？　もう一度足を運ぶ事としよう。


暗い街中を歩き、再びお店の前へ。

すると、片づけを行っていた整理員と思われる魔族の男性に声をかけられた。

「今日はもう売り切れで店じまいだぞ？　食事はできん」

売り切れか、繁盛しているようで何よりだ。まあ、店じまいならいいタイミングだ。

「ああいえ、今日はここのお店の方にちょっと用事があって伺ったのです。ですので、店じまいならちょうどよかったのです」

こう自分が告げると、魔族の男性は、首から下げていた小さな笛を吹いた。極端に高い音は出なかったが、それでも近くで片づけを行っていた整理員と思われる他の魔族の方々もこちらにやってきた。

「どうした？」

「いや、この男が店長に会いたいと」

「そんな予定は入ってなかったよな？」

「ああ、今確認したがそんな来客の予定はない。つまり……」

そんな話し合いが行われると、整理員の魔族の方々が一斉に腰にさげていた警棒のようなものを抜いた。

ああ、そう見られちゃったか。うーん、本当にここの人達に最後の挨拶をしたかっただけなんだけどなぁ。

「悪いが、事前の連絡が何もない以上、我々はお前を不審人物とみなすしかない。ここの料理は街を治めている領主様からも高く評価されていてな。料理人は絶対に守れとの命も下っているのだ」

「そちらが争う意思がないと言うのであれば手荒な事はしないが……」

「前例があったのでな、悪いがこうして警戒させてもらうぞ」

困ったな、揉め事を起こすつもりで足を運んだわけじゃないのに。

だが、目の前の魔族の皆さんの目が敵を見ている時と同じ色である以上、言葉を重ねてもますます不審がられるだけで、理解はされないだろう。

おそらく過去にもこうしてやってきて、ここの店の人に危害を加えようとするか、レシピを盗もうとするか……とにかくその手の不届き者がいたのだろう。

「こちらとしても、争ったり揉めたりするつもりはありません。私はしばらくしたら、人族の街近くに現れた塔に挑むつもりです。その塔に入ったら二度と外には出られないという情報を得ています。ですので、その前に最後の挨拶をしたかったのですが……皆様の警戒ももっともです。静かに引く事にいたします」

最後の挨拶ができないのは心残りなんだけど、今回はしょうがない。これ以上こちらの要求を強く主張すれば間違いなく戦いになってしまう。

そんな事でここの店の評判に傷をつけるような真似はもっての他。

今はこうやって繁盛している、それを知れただけでいいではないか。

「そうか、引いてくれると言うのであれば、こちらとしてもこれ以上事を大きくしようとは思わない。すまんな、数日前にもちょっとした無理を店長に言おうとした輩が来てな。こちらも少し苛立っていたところなんだ」

そういう事なら、まあ致し方なしだな。

そうして自分が踵を返して宿屋に戻ろうとした時だ。店の戸が開いて、中から人が出てきたのは。

「ま―た無茶を言いに来た奴がいるのか？　レシピは譲らねえし、今はこれ以上店を広げるつもりはねえぞ」

この声は、この店の大黒柱である父親だな。声を久しぶりに聞いたが、うん、元気そうで何よりだ。こんな元気な声を出せるなら、大丈夫だろう。

「ああ、いえ。そうではありませんし、こちらはもう帰るつもりですから。夜分にお騒がせして申し訳ありません」

そう自分は告げて、この場をあとにしようとした。

が……あっという間に血相を変えた店の父親が自分の前に走り寄ってきた。

「店長!?」

「店長、危険です！」

「店長、どうしたんですか!?」

そんな行動を見て、整理員の皆さんが大慌て。無理もないよ、護衛対象が突然不審人物に向かって走り出したんだから、肝が冷えるだろう。

しかしそんな声を全く聞き入れず、自分の前までやってきた店の父親は、なんと頭を地面にこすりつけて土下座をした。一体どうした!?

「この店と、ピジャグ肉を救ってくれた大恩人に対して、あまりにも失礼な言葉を吐きました！

誠に、誠に申し訳ございません！！！」

自分と整理員の皆さんは、この父親の行動に対して何もできずただただ茫然としてしまった……と、とりあえず頭は上げてもらおう。こんな土下座、自分は望んでいないんだから。

頭を上げてもらって、お店の中に。そして、店主である一家の父親が整理員の皆に対して行った実に熱い説明。

その話が終わった頃には整理員の方々も頭を下げてきた……ほんと、勘弁して。こういう事をしてほしくてやってきたわけじゃないんだよ。ただ最後のお別れをしに来ただけなのに……

「ここの親父さんが、商売が上手くいかない人々への支援を始めたおかげで持ち直したところがたくさんあるんだ。そんな親父さんだからこそ、領主様から命令がなかったとしてもしっかりと警備しようというのが俺達警備をしているメンツの意思でね。だが、そんな親父さんの恩人に、とんでもなく失礼な事をしてしまった……」

整理員のリーダーらしき魔族の方にそう言われたけど、本当に良いんだって。

そりゃ顔も知らない奴がふらっとやってきて会いたいと言えば警戒する。

彼らは警備担当として当然の仕事をしただけなんだから。なので気にしなくて良いですよとできるだけ柔らかく伝えておいた。

「お店も大きくなってるんですね。繁盛しているようで何よりです」

このままじゃ向こう側の謝罪攻勢が延々と続きそうなので、無理やりだが自分が話の流れを切り替えた。

「え、ええ。おかげ様でここの料理の味が忘れられない、また食べたくなってしまったと言って何度も訪れてくれる方々のおかげで繁盛しています。ですので、自分達だけが栄えるのではなく周囲の人々にも仕事を与えて、皆で活気をもたらそうと働いております。まっとうに働いてまっとうなお金がもらえる仕事が増えた事で治安も良くなったと、領主様からもお褒めの言葉をいただきました」

へえ、そこまで上手く回っているんだ。義賊の部下にも調べさせているが、本当に問題なさそうだな。なら、ここの事は心配せずに済む。実に素晴らしい事だ。

「そうでしたか、安心しました。何か問題が起きていないかと思って訪れましたが、これならなんの憂《うれ》いもなくここを発てます」

ここまでいい感じなら、もうこっちがあれこれ手を出す必要はない。

なのでさっさと用件を伝えて立ち去ろう、そう自分は考えていたのだが。

「お待ちください、どうか今の味を確認していただきたいのです。ですのでお時間をちょうだいできませんか？」

なんて事を言われてしまった。無下にもできないし急いでいるわけでもないので、その話を受ける。そして出されたピジャグ肉の角煮を口にし……

（ふむ、柔らかさもなかなか、味も過去の記憶と比べて格段に良くなっているな。修業を積み重ねてきた、という事がよく分かる味だ……なんて偉そうに評価しちゃったが、これだけの味ならば人気が出るのも頷ける）

あとはもっと時間をかけて修業を続けていけば、自分の味も超えてその先に行けるだろう。魔族の寿命は人より遥かに長いから、いつか到達する事は間違いあるまい。

「格段に味が良くなりましたね。この調子で修業を続ければ、なんの問題もないでしょう」

自分が言うと、笑みを浮かべる店主。今までしっかりと修業してきた自負はあっても、実際にはなんと言われるか分からない。だが、こういった言葉をもらえてほっとしたという感じの笑みだ。

「一家そろって今まで頑張ってきた甲斐がありました。黒衣の料理人であるあなたから、そのようなお褒めのお言葉をいただける日が来るとは……」

感極まったのか涙を流す店主。自分がここを発ってからも彼らが頑張ってきたからこそ今があるわけだが、当然それ相応の苦悩もあっただろうし、辛かった事もあったはずだ。

最初から最後まで大きな問題が起きずにすんなり進むなんて事は十中八九あり得ない。

そんな事は、ある程度人生を歩んだ者なら皆知っている。

そして今、こうしてやってきた自分に褒められた事で頑張ってきた事は無駄ではなかったと、認められたのだと実感する事ができたのだろうな。そんな事を感じさせる涙だ。

「これで、心置きなく旅立てます。今回ここにやってきた理由は、最後の挨拶をするためだったのです」

だから、話を切り出せた。もう、ここに自分の手は必要ないと感じ取れたから。あとは彼らだけで彼らなりのピジャグ肉の角煮を完成させ、そしてさらに発展させていける。

だが、店主は慌てて言った。

「最後とは、いったいどういう事でしょう？　もしや、お体に何か……!?」

なんか勘違いし始めたので、首を振って否定した。さっさと理由も言わないと。

「いえいえ、そういう事ではありません。人族の街近くに塔が出現した事はご存知でしょうか？　自分はその塔に挑むつもりなのです。ですがこの塔は一度入ると二度と外には出られないという決まりがあるようでして。ですので、その塔に挑む前に最後の挨拶をするため、各地に出向いているというわけです」

それを聞いて、店主も落ち着きを取り戻した。

まあ最後の挨拶と言われたら、病気なりを予想するのはおかしい事でもないか。逆に取り乱すぐらいに大事な人だと考えていてくれたという事に、感謝すべきだろう。

「そういう事でしたか。ですが、二度と会えなくなるという点では同じですね……残念ですが、あなたの生き方はあなたが決める事。他の者がその生き方を曲げる事は許されませんからな。むしろこうしてわざわざ足を運んでくださった事に感謝せねばならないでしょう」

「いえいえ、自分の好きでやっている事ですから。それに、最後の別れぐらいはきちっとしておきたいですし」

立つ鳥跡を濁《にご》さず、とまではいかなくても……終わりが近いのだから知り合いにちゃんとした別れの挨拶をするのは礼儀だ。もちろんこの考えを他の人に押しつけるような真似はしないが。

そんな自分に、店主が新しい話を振ってきた。

「そうですか……時間の猶予《ゆうよ》はまだあるのですか？　あるのですね？　それでは一つお願いがございます。黒衣の料理人として、あと一度だけ店の調理場に立っていただけないでしょうか？」

うーん、最後だしな……それに、先ほど出てきた角煮は過去に自分が出した角煮に近いが、まだ追いついてはいない。だから店の看板を潰すという心配はない。

料理を素早く捌《さば》くのは龍の国で龍稀様の奥方様の指導で鍛えられているから、そちらも問題はない。

「分かりました、では黒衣の料理人として最後の調理場に立ちましょう。話はそちらから通していただけますか？」

「もちろんです。わがままを聞いてくださり、ありがとうございます！」

まだ数日ぐらいはこういう事に時間を使ってもいいだろう。

そうと決まれば、明日から気持ちを新たにして頑張るとしますか。

◆　◆　◆

翌日ログインし、早速お店に。本店に入れてもらうと、このお店を切り盛りしてきた一家と再会。挨拶を交わし、早々に料理の準備に取りかかる。

このお店は毎日大盛況なのだから気合を入れなければなるまい。

そう考えていたからなのか……

（そんな、まさか。しかし、現実に今目の前にあるこの角煮は……）

目の前には、早速試しに仕上げた角煮がある。しかし、問題というか驚くべきところが一つある。

製作評価がなんと、10と表記されているのだ。

自分の料理スキルでは9が限界だったのではないだろうか？　しかし、何回確認してもそこには評価10の角煮がある。恐る恐る味見をしてみると。

（肉が舌の上でとろとろと溶ける、そしてものすごく美味い！　自分が作ったとは思えない味だ！）

もしかすると、有翼人達と戦う前に行った龍城での特訓の成果が今頃になって出てきた？　それとも、ここに来るまでに積み重ねてきた全ての特訓が今実を結んだのかもしれない。

何にしろ、この味ならば胸を張ってお客様に提供できる。

その前に、この店を切り盛りしてきた一家にも味見してもらった。

「さすが……」

「少しは追いついてきたと思っていたのに、背中はまだ遠かったか～……」

「素晴らしい味です、これならばのぼりを掲げる価値が十二分にあります！」

評価は上々。あとはこの味を安定して作れるようにするだけ。自分の担当は角煮だけでいいらしいので、落ち着いてやれるだろう……なんて事はなかった。

お店が開くと同時にやってくる人、人、人。あっという間にお店のテーブルは満席になり、矢継ぎ早に注文が飛んでくる。

角煮の注文もかなり入ってきているので、サクサク作って次々と出していく。

「うお、ナニコレ!?　ここには何度も来てるが今日の角煮の味はすげえぞ!?」

「いつもより遥かに美味しい！　どうしたのこれ!?」

「今日は黒衣の料理人がいるってのぼりがあったが、期待以上だ」

お客さんのほうからそんな言葉が聞こえてくる。うん、正直作っている自分が驚いているからね。

評価は10を維持できているし、作って出す速度も落ちていない。

だが、それとは別の問題が徐々に浮かび上がってきた。

「まずいな……」

「どうしました？」

「このままいくと、仕込んである角煮の材料がお昼が終わる前に尽きる。注文が多すぎるんだ」

従業員に状況を伝えた。かなりの量があったはずの角煮用のピジャグ肉が、想定以上の速度でなくなっていた。このままでは、お昼時間の途中で全て使い切ってしまう。

そうなれば、食べられない魔族の人達からブーイングが飛んでくる事態は避けられないだろう。

「そんな、まさか。今日だって十分な量を仕込んでいたはずですよ⁉」

「しかし、現実だ。確認してもらえれば分かる」

在庫を確認すると、従業員の魔族さんの顔が青ざめた。明らかに持たないと理解できたんだろう。

「おっしゃる通り、これでは持ちませんね。今日は角煮がよく出ているとは思いましたが、その影響で……」

「とにかく、角煮を作るのと同時進行で角煮用のピジャグ肉を仕込むしかない。すまないが、ピジャグ肉を持ってきてほしい」

「はい、今すぐに用意します！」

自分がそう言うと、従業員の魔族さんはすぐにピジャグ肉をたっぷり持ってきてくれた。ここからは仕込みと料理の同時進行となるわけだが……この程度の量、龍城での特訓に比べればまだ難度は低い。それに料理のアーツだってあるんだ、リアルじゃできないがこっちの世界ならなんとでもなるってもんだ。

仕込んで作って、仕込んで作ってを繰り返したおかげで、お昼の時間帯に角煮が作れないという状況はなんとか回避できた。しかし、夜にはもっと多くのお客が来る事はほぼ確定的である。お昼に食べた人の友人や家族に口コミで広まるのは確実だし、黒衣の料理人として自分の事をまだ覚えていた人がかなりいたので、夜にはそれももっと拡散される。

「なので、普段以上に多く角煮用の仕込みをやるぞ！　仕込みと料理を料理人に同時進行でやらせてしのぐような事態は起こさないように！」

「「「はいっ!!」」」

嵐のようなお昼の時間が終わったあと、自分は店長さんに平謝りされた。無茶をさせて申し訳ないと。そして、夜までは休んでいてくださいとお願いされてしまった。

仕込みを手伝ってもよかったんだけどな……でも手伝おうとすると申し訳なさそうな顔をされるので、アクアと一緒にお店を出てのんびりする事にした。

魔王領の天気は晴れ。なので日向ぼっこもできる。アクアと一緒にぼーっとしながら空を見上げる。うん、白い雲がいくつかあるだけで、実にきれいな青空だ。

たまにはこうやってぼけーっと空を見上げるのも悪くないな。リアルでも休日にやってみようか……空を眺めるなんて、久しくしていない気がする。

のんびりしているうちに空が茜《あかね》色に染まり始め、やがて夜となる。

その夜は、まさに戦争だった……うん、お客の数がね、とっっってても多かったのさ！

「注文入りました！」

「こちらも注文入りました！」

「ピジャグ肉の角煮、追加です！」

さらにその注文の大半が角煮、もしくは角煮が入っているセットもの。なので自分の休む時間は一秒たりともありゃしない。

リアルでやったら絶対ぶっ倒れるよこれ……まあ、こっちの自分なら装備のおかげ&こっそり隠れて支援してくれるアクアのバックアップがあるから問題なくこなせるけどね！

「まさかの黒衣の料理人の再臨とはな」

「腕にさらに磨きがかかってるようだな……毎日来ないともったいないねえ」

「前に食べに来た時よりも遥かに美味い！　ああ、もうこの味から逃れられない……」

お褒めの言葉をもらっているようだけど、さすがに聞いている余裕はないので、右から左に抜けていく。とにかく目の前の料理を途切れずに作り続ける事だけが、今の自分の全て。

いったいどれだけ注文が入っているんだ？　かなりの速度で料理を仕上げてお客様に出しているというのに、注文票が減る兆《きざ》しが見えないんですが!?

「また注文入りました！」

「こちらもです！」

「すみません、注文入りました！」

うわぁ、減るどころか注文票が増えていくよ。

だが、こっちの体と能力なら精神的な疲労を考えなければまだまだだいける。この程度の量、有翼人との戦いに比べればまだまだ余裕の範疇に入るってもんよ。

「これとこれとこれ、上がったよ！　こっちも上がった、持っていってくれ！」

「「はい！」」

あれこれ難しく考えるな、今の自分がやる事は至極単純なんだ。

注文に従って製作評価10の角煮を作る事だけ。だから焦る必要などない。手はちゃんと動かせているし、思考も鈍《にぶ》っていない。このペースと料理の質を維持すればいい。質を落として、来てくれたお客様をがっかりさせるような事だけは絶対に許されない。そこだけは忘れてはならない。

「こちらも上がった、順に持っていって！」

「分かりました！」

従業員の皆さんも協力してくれている。

あとはこのままトラブルがなければ乗り切れる——そんな事を考えていた時だった。皿が複数枚割れる音がしたのは。

「何事だ⁉」

「お客様に何かあったのか⁉」

「出した角煮にありえない文句をつけてくる人が……虫が入っていたと言うんです。そんなはずはないのに」

虫が入っていた？　そんなわけあるまい。忙しかったとはいえ器は確認していたし、調理の最中にも虫やほこりが混入しないようにしていた。

あとから隠し持っていた虫の死骸《しがい》を入れてケチをつけてきたんだろう。だが、揉め事はますます大きくなっているようで、店は騒がしくなる一方だ。

「虫が入るような可能性は？」

「ありえません。料理人様はもちろん、我々もきちんと確認しています。お出ししている料理の中に虫が入る可能性はゼロです！」

自分の言葉に店員が迷いなく答える。

まあ、そうだよな。そういう衛生はとても大事だ。異物が混入していないちゃんとした料理を出すというのは、食べ物を扱う店の基本にして一番大切だ。この信頼を一回でも失えば、よっぽどの大企業でない限りは再起不能となってしまう。

「この忙しい時に、いらん事して仕事増やしてくれちゃって……しかも、食事を楽しみにしてくれている他のお客様にまで迷惑をかけるとは――許せん」

自分の中で、変なスイッチが入ったのを妙に冷静に感じ取った。

だが、この時の自分はそれを止める意思はなく……調理場から出撃した。

7

調理場からお客様のいる席に移動すると、店主と整理員の皆さんが三人。そして大声を上げながら虫が入っていたと騒ぎ立てている人族の八人組が注目を集めていた。

人族はプレイヤーじゃないな。「ワンモア」世界の人だ。

「だからよ、肉を食おうとして摘《つ》まみ上げたらその下にこんな虫が姿を見せたんだぜ？　食欲なんかなくなっちまったよ。すごく繁盛している店だからって期待して来たってのに、こんな歓迎じゃあ嫌になるぜ」

そんな言葉が耳に入ってきた。ふむ、肉の下に虫がいたと向こうは主張しているのか。

「そんなはずはありません！　我々は一つ一つ丁寧に確認しながら調理や盛りつけをしています。そのような虫が入る余地はありませんよ！」

一方で店主はそんなはずはないとかなり強めに反論していた。だが、人族の一団はそれを笑う。

「だがよ、こうして現に虫はいるじゃねえか。これをどう説明するんだよ、ああ？　素直に認めて賠償《ばいしょう》するってのが筋じゃねえの？」

とりあえず、モノを見なきゃ始まらないな。

自分は集まっている人にどいてもらって人族の一団の前に立つ。

「すみません、調理した角煮の中に虫が入っているという騒ぎを聞きまして。虫の入っている器をちょっと見せてもらっていいですか？　もちろん器に触ったりはしませんので」

そう声をかけると、人族の一団は全員が何だコイツは？　という視線を飛ばしてきた。だが、その中の一人が「ああ、いいぜ。じっくりと見てくれよ」と器を指さしながら認めたので、言われた通りじっくりと見てみる。

ふん、なるほどな。確かに虫は入っている。しかし、この虫は調理をしている最中に入ったものではない。リアルで言うならバッタが一番近いであろうそいつは、角煮のたれで汚れてはいたが姿形ははっきりと残っていた。

「少なくとも、この虫は調理中に混入したものではないですね。詳しい事はこの料理の秘密に関わるので言えませんが――この料理は煮込むという過程が入りますから、その過程で混入していた場合、ここまではっきりとした虫の姿が残る事はありえません。そうすると、配膳《はいぜん》をしている時に入ったという可能性が残るわけですが――」

と、ここまで自分が喋った時に、この事態を見守っていた魔族の人の方から声が飛んできた。

「配膳の時に入った可能性はないと、俺が保証しよう。思い出したぞ、その虫は人族の街のネクシアから南にしか生息していない」

そして次々と――

「よく見れば、あんな虫が魔王領に存在するはずがない」

「冷静に考えれば、皆の言う通りだ」

という言葉が魔族の皆さんの間から出てきた。

そして、一斉に向けられる人族の一団に対する疑いの目。

その空気に乗る形で自分はこう切り出した。

「もう一度お伺いします。この虫は料理に入っていたのでしょうか？　我々から言わせてもらえば、なぜ人族の街にしか生息していない虫がここにいるのかが不思議で仕方ないのですが？」

この自分の質問に対する人族の一団の返答は——突然テーブルの上に緑色の粉をまき散らすというものだった。

自分は経験上すぐに目を閉じ鼻をつまんだが、周囲に集まっていた多くの魔族の人達は粉を吸い込んでしまったらしい。あちこちからせき込む声が聞こえてくる。

「くそ、ずらかるぞ！」

「仕方ねえ！」

「麻痺《まひ》の粉を吸えばさすがの魔族でもすぐには動けねえ！　今のうちに——」

だが、彼らの思い通りにはならなかった。逃げようとする彼らを、自分や整理員の皆さんがすぐに捕まえたからだ。

自分は盾のアンカーを射出して拘束、【レパード】と【ガナード】の二刀流で両足のアキレス腱《けん》だけを切って走れなくしてやった。

整理員の皆さんは、バインド系魔法を使って六人を拘束していた。

「畜生！　なんで麻痺が効かねえ⁉」

「各種毒草を調合した強烈な麻痺毒だぞ⁉　こんなに早く動けるようになるはずがねえ！」

「くそが！　このバインド、拘束力が強すぎる!!」

捕らえられた人族の一団はそうぎゃんぎゃん騒ぎ立てた。

さて、彼らの麻痺毒が効かなかった理由だが。

これは自分の左目、蒼杯《あおつき》さんからもらった魔眼の力によるものである。自分の左目には仲間だと思った人達の状態異常を吸い上げる力が宿っている。さらにその吸った状態異常は、相手を吹き飛ばす力を持った射撃を行うエネルギーになるんだが、そっちは今回出番がない。

「こいつらはどうしましょう？」

「領主様に裁いてもらうでいいんじゃないか？　ここのピジャグ肉料理を存続の危機にさらしたとなれば、軽い罪では終わらないだろう」

「では、兵士の方々に連絡を入れます」

「頼む」

整理員の皆さんはてきぱきと後始末に動いていた。

捕まえた連中を逃がさないように見張るメンバーと、麻痺の粉をばらまかれてしまったので清掃に動くメンバー。自分も清掃側に回る事にした。

「しかし、先ほどはお見事でした。あなたが素早く動いてくださったおかげで誰一人逃がさずに済みましたよ」

「いえいえ、そちらも動き出しの早さに大差はなかったではないですか。素早い詠唱で高等魔法の数々を発動させる、さすがは魔族の方々です」

掃除の最中に褒められてしまったので、すかさず褒め返しておいた。

素早く動けたのは今までの冒険の積み重ねによる経験があるからだし、捕縛した人数で言えば魔族の整理員の皆さんの方が多かったのだ。誇れる事でもない。

「しかし、このあとの営業は中止せざるを得ないですね……」

「仕方がありません、かなりの強さの毒がまき散らされたわけですから。しかし、これだけの強さを持つ麻痺毒を吸っても我々が問題なく動けたのは不思議ですが……」

魔眼の事はバレてなさそうだ。まあこの魔眼は、発動してもいちいち光ったりしないから悟《さと》られにくい面がある。それに眼の色も変わらないからね。

「たまたま毒素の強い部分が広がらなかったのかもしれません。もしくは皆の運がよかったか……」

「なんにせよ、よかったですよ。皆が麻痺してあの人族が皆逃げようものなら追跡するだけでも一苦労だったはずです。身のこなしはかなりのものでしたからね」

多分あいつらは盗賊だな。ル○○三世なんかの発見されてもその身体能力と道具を駆使してまんまと包囲網から逃げおおせるってタイプの。

だから初動で捕まえられたのはよかった。ある程度走られてスピードが乗ってしまうと、あの手の連中は止めようがなくなるからなぁ。さすがに魔族の街なので魔王に変身して矢を撃ちまくったら、捕まえられるかもしれないが余計混乱を招きそうだし。

「まあ、なんにせよあとは領主様のご判断にお任せしましょう」

「そうですね。まあ、領主様も話を聞けばすさまじくお怒りになられるでしょう。ここの料理に魅了されている方ですから」

自分のお気に入りを汚されたとあれば、黙ってはいないだろう。それに、辛抱《しんぼう》強く並んでいたのにもかかわらず、このハプニングで食事ができなくなってしまった魔族の皆さんの恨《うら》みつらみも当然ある。そういう点から考えても、軽い刑では収まらないだろう。

多分、処刑台行きかな？　手慣れているからかなり悪質だし、前科も多いはずだから。

「はあ、楽しみに並んでいてくださったお客様にお帰りいただくしかないというのは、胸が痛みます」

「遠方からわざわざやってきている人もいらっしゃいますからね……ちょっとした騒ぎで済めばいいのですが」

このような会話をしながら掃除と麻痺毒が残っていないかどうかの確認を進める。

しかし、やっぱり外では大騒ぎになっており、掃除していた皆で大きなため息をつく事になってしまった。

ここから先は魔族の人達からの又聞《またぎ》きとなる。

まず、捕らえられた人族の一団はやっぱり盗賊だった。なんでも料理店などに入っては虫などを混入させ、店を恐喝《きょうかつ》して金をだまし取るという事を繰り返してきていた。

さらにある程度の変装能力を持っており、手配書は各国に回っていたのだが顔を変えられるためになかなか見つけられなかったらしい。

で、当然ながら自分の好みの店をめちゃくちゃにされた領主様はもうカンカン。

捕まった人族の盗賊一団を直接ぶん殴ったらしい。気絶したら起こしてぶん殴る。ひん死になったら回復させてまたぶん殴る。そんな事を何度も繰り返して、とうとう盗賊の一団が全員殺してくれと懇願《こんがん》するまで殴り続けたのだとか。

が、領主様はそれでお許しにはならず……彼らに労役を課した。

当然その労働は休みなし、まともな食事もなし、ろくに寝られないという明らかに殺すためのもの。二週間持たずに全員が死んだって話だから、どんだけ辛かったのか、想像がちょっと難しい。

簡単に殺さなかったのは、彼らの積み重ねてきた前科がごっそりあったから、だそうだ。

この処刑方法に、各魔王領の領主様達から非難の声は上がらなかった。

むしろ、もっときつい事をやらせて苦しませてから殺せという声ばっかりだったそうな。まあ、魔王領に三つある街の領主様達全員がピジャグ肉の角煮や生姜焼きのファンなので、怒り心頭になるのは無理もない話だった。食い物の恨みは恐ろしい、という事だろう。

　こうしてまた一つ、面倒な悪党がこの世界から消えた。

　自分はその後、大きな問題もなく、黒衣の料理人としての日々を過ごしていた。

　さて、そろそろここを旅立つ時が来たかな……次は魔王様に謁見《えっけん》して、最後のお別れを言わねばならない。

8

　自分が旅立つ時、見送りに出てきてくれたお店の店主はこんな事を口にした。

「こののぼりをもう二度と掲げられないのは寂しい限りですな……ですが、私達はあなたがしてくれた事を忘れません。のぼりは捨てずに、ずっとこの店の宝として保管しておきます。どうか、よき旅路を」

　店主の家族全員と最後の握手をしっかりと交わし、笑顔で別れた。

　自分の姿が見えなくなるまで、見送りに来てくれた全員が総出で手を振ってくれた。

さて、次に目指すは魔王城。街を出たあとにアクアに乗って高速移動。魔王城付近に到着するまではなんの問題もなかった……だが。

「え、何？　ものすごい行列ができているんですが⁉　何かあったのか……？」

「ぴゅいい？」

魔王城の前にすさまじい長蛇《ちょうだ》の列が三列できていた。アクアに上空から見てもらったところ、魔王城を二周するぐらいなんだから相当だ。

いったい魔王城に何があったのだろう……とりあえず最後尾に並んで、前のプレイヤーさんに話を聞いてみる事にした。

「すみません、すごく長い列ですけど、魔王城に何かあったんですか？」

そう自分が問いかけると、声をかけた男性プレイヤーはきょとんとした視線を向けてきた。

「え？　お前も『ワンモア』の終焉《しゅうえん》前に魔王様を一目見ておきたいからやってきたって口じゃねえの？　今だけ魔王様が積極的に謁見を受け付けてくれるって告知がされたから、この列ができ上がっているって状態なんだが、それを知らねーのか？　たまたま来たってパターン？」

そんな事になっていたのか。魔王様がサービスしているからこんなに大勢集まっちゃったのか……そりゃ魔王様のような普通は絶対会えない方が『特別に会ってやろう』と言い出せば、人が集まるのは当然だ。

さすがに数人まとめて謁見するんだろうが、それでも魔王様のお姿を近くで見たい！　という人は大勢いる。

「そんな事になってたんですか、だからこんなに魔王城の周囲に人がいるんですね」

「知らずに用事で来たっていうならご愁傷《しゅうしょう》様だな。だが今はよっぽどの理由がない限り優先されないから、辛抱強く待つしかないぜ。お前が急がなきゃいけない理由があるなら、巡回してる兵士に話を告げて、必要があると認めてもらうんだな」

――ま、いいか。まだ時間はあるし、ここで変に列を無視して優先されたら周囲から反感を買うのは必至。もし高位の魔族の兵士がこのマントで自分の存在に気付いてもスルーするように頼もう。

列の進む速度から計算して、多分今日のログアウト前には面会できそうなので焦る必要はないからね。アクアには再び頭の上で寝ててもらおう。

「ならおとなしく待つしかないですねぇ。幸い列の進みはそこそこ速いようですから」

「まあ、さすがに謁見できるとしても一人ひとり丁寧に、なんてはずはねえからな。魔王様の近くで話が聞けるっていうチャンスをもらえるだけで良しにしろって感じだろ」

なんて話していたら、周囲のプレイヤーも話に交ざり始めた。

やっぱり皆さん、ただ並んで順番が来るまでじっと待っているのは暇だったんだね……

「もう『ワンモア』の終焉が見えちゃったからさ。やっぱり行ってないところとか行きたいじゃん？　そんな時に魔王様が会ってくれるって言うんだから逃す理由はないよねー」

「だよな、やっぱり魔王様はファンタジーの花形だろ？　一度は出会っておきたいもんな。数分話ができるだけだと思うけどよ、それでもいい」

「ＳＳ《スクリーンショット》いっぱい撮るんだ。ゲームは終わってもいい思い出ができるし」

なるほどねえ、そんな考えで皆集まっているわけか。自分としては魔王様に危害を加えようなんて邪《よこしま》な考えを持っている連中さえいなければ、それでいいんだけどさ。

っと、話をしていると巡回をしていると思われる兵士の方が数人来たな。自分は巡回お疲れ様ですの気持ちを込めて、頭を軽く下げた。

兵士の皆さんも自分の会釈に気付いたのか、軽く手を挙げて応えたあとに、そのまま通りすぎて何も起こらないと思っていたのだが――

「ん？　んん？　え、ちょっと待って⁉」

「見間違いじゃないよな、やっぱりいたよな」

「さっきとんでもないものが見えたぞ⁉」

「ちょ、ちょっと戻るぞ！」

兵士の皆さんがそんな声を上げ、こちらに歩いてきた。

やっべ、マントの本来の姿が見えるくらい高位魔族の方々だったみたいだ。

そしてやっぱり自分の前で止まって頭を下げようとしてきたので、自分は口に人差し指を軽く当てる。そう、お静かにのジェスチャーだ。

「――よろしいのですか？」

「いいのいいの、急ぎの用事でもないし緊急事態でもない。混乱を招きたくないから、このままで。他の皆さんにもそう連絡を」

「分かりました、では迅速にそう対応しろと指示を飛ばしておきます」

そんな言葉とともに兵士の皆さんは立ち去ったわけだが、注目を浴びないわけがない。

大勢から視線を向けられる。彼らの顔には『どういう事なのか話を聞きたい』という文字がでかでかと書いてあった。この状況じゃ逃げられないしな……仕方がない、多少話すしかないか。

「はいはい、そんなに聞きたそうな表情を浮かべられたら、こちらとしても黙っているのは辛い。大雑把《おおざっぱ》に話すからにじり寄ってこないでくれ」

そう話すと、この場は少し落ち着いた。ただし、皆耳だけはこちらに向けているが。

「と言ってもなぁ、過去にこの魔王領で魔族の方々と共闘した事があってねぇ……で、それが魔王領におけるそこそこ地位のある人だったんですよ。これは本当に偶然で、自分も知ったのは事が終わったあとだったから狙ったわけではないと念押しさせてもらうよ。んで、そのお偉いさんがちょこちょこよくしてくれて、このマントをもらったんですよ」

まあ、多分に嘘を含んでいるけどな。

共闘相手やマントをくれたのはそこそこのお偉いさんどころか魔王様ご本人だし、共闘もミスったら魔王領の人達が徴兵されて戦う事になっていた……その徴兵の前に、街一つが消えていた可能性も否定できないという物騒する話のてんこ盛り。

これらは魔王領における機密を含みまくっている話なので、真実を口にする事は絶対に許されない。

「あー、そういうつてがいるパターンか。俺はエルフの方に多少顔が利《き》くんだ。ちょっとした問題の解決に力を貸した事が数回あってな」

「私は妖精国の人と仲良くさせてもらってる〜。塔に上る直前は妖精国に行って最後のお別れをしてくるつもり」

「まあ、タイミングが合った時に協力すればそういう関わりができるか。俺はどこ行ってもそういう繋がりができなかったから羨ましいんだがな」

ふう、どうやら深く突っ込まれずにプレイヤー同士で深く関わった国の話を始めてくれたな。この流れをぶった切らないように、こっちも話を合わせて相槌《あいづち》を打っておけばいいだろう。

それに他のプレイヤーの話をじっくりと聞く機会なんて今までなかったから、いろんなプレイヤーの冒険譚《ぼうけんたん》とか聞くのは普通に楽しい。

契約妖精と妖精国の妖精と三人でスリリングな大冒険をしていた者がいたかと思えば、エルフの街で警備兵のような活動をしていて困らされた複数の悪党を撃退する話が出てきたり、地下世界のドワーフとパーティを組んで鉱石を探したり――

十人十色な冒険の話が聞けた。

もちろんプレイヤー同士で固定パーティを組んで世界各国を回っている人達もいる。

彼らは彼らでいくつもある隠しダンジョンを探し当てて魔剣を見つけたり、はたまた大外れを引いてトラップやモンスターがたっぷりいる場所からボロボロになりながら脱出したり、時に全滅してその痛みに苦しんだりしたなんて話もあった。

「んで、これが見つけた魔剣の中でも最高の一品で、ダイスロールして使う権利を手に入れた俺の相棒【ガイア・レイジ】って両手の魔剣だ。能力は教えねえけど、半端じゃねえ力を秘めてる。塔の戦いでも頑張ってもらう予定だ……もう片方の相棒であるこいつは塔には来られないからなぁ」

ダイアモンドを思わせる刀身を見せてくれた男性プレイヤーは剣をしまったあとに、契約妖精と思しき銀色の輝く毛を持った犬の頭を撫でた。

「そうなんだよね、塔に挑むとなると契約妖精ともお別れなんだよなー。最後まで一緒に戦いたかった」

「それには同意するぜ。なんでここまでずっと一緒にやってきた契約妖精とのお別れを強いてきたんだろうな？　まあ塔に挑まなきゃあと一年は一緒にいられるけど」

「自分はもっと契約妖精と一緒にいたいから塔への挑戦に悩んでる」

「でも最後のイベントだし、参加はしたいよな……本当に悩ましいぜ」

気持ちはよく分かるよ、自分もアクアとはお別れになるし。

でも、そういう風にルールを定められちゃったんだから仕方がないと割り切る他ない。

まあ塔のてっぺんにいる存在に話を聞けば、なんでかは分かるだろうけど。特に自分は来てくれと頼まれているから、何も教えてくれないという可能性は多分ない。

「ま、どんな選択をするにしろ残された時間はそう多くねえ。だから個人個人で後悔しないようにする他ねえな」

「まあ、そういう事だね。ちゃんとその人なりの幕の下ろし方を決めとけって言われてる感じがする」

「だから、その悔いを減らすためにも魔王様に会いに来たってのが、ここにいる連中なわけで」

その人なりの幕の下ろし方、か。

自分は、満足してこの世界を去れるのかな。それとももっといたかったなと思うのか。

その答えも、あと一年ちょいで出る。さて、どういう終わり方になるのかな――

9

他のプレイヤーとあれこれ話をしていたおかげで、待つ時間は苦痛ではなかった。

プレイヤーは皆十人十色、それぞれの冒険を繰り広げていたんだなー。

楽しそうで（一部は苦痛にまみれてそうで）、他の人の冒険も体験してみたいと思ったり思わなかったり……鬱《うつ》展開と呼ばれるかなり精神的にきついシナリオを歩んだ方もいらっしゃって、そちらは絶対に体験したくない。

「そろそろ、魔王城に入れるな」

「吹雪《ふぶき》が来なくてよかったよ……」

「二日ほど前、並んでる時に吹雪が来て大混乱になったらしいよな」

「今日並んでいるプレイヤー達は、普段の行いが良い人が多かったんだろう」

「俺の事だな、分かります」

「絶対それはない」

「速攻で否定すんなし、ひどくねぇ？」

「普段の行い」

なんやかんやで、ついに魔王城の中へ。

ただ城の中に入ってもまだまだずらーっと並んで……いや、列がここで大きく二つに分かれている。一つは今まで通り、プレイヤーが三列になって並ぶ形。もう一つは一列しかない短い列。

何が条件で分かれているんだろうか？　とりあえず順番が回ってくれば分かるでしょ。

「ではこちらに」

「あなたもこちらです」

「こちらに三列の形を維持して並び続けてください」

「この先でチェックを行っています、それを受け入れられない方は魔王様との面会をお断りさせていただいております」

ふむ、三列に並ぶ方は魔王様に会う前にチェックを受けている。チェックしているのはリビングメイドさんと四天王のリビングアーマーさんか。

いや、さらに物陰に死神さんがいる。気付いたのは偶然だけど……かなり気配を薄くして何かを確認しているみたいだ。そうなると残り二人の四天王さんもどこかで何らかのチェックをしてるな。

（ただ、人数が人数だろ……これ、絶対普通の人なら過労死しちゃうレベルの仕事だよね？）

少なくとも自分がやったら間違いなく潰れる。いったい何人分のチェックを一日でこなしているのだろう……具体的な数字を見なくてもげんなりとさせられるのに、見てしまったらさらにげんなりしてしまいそう。

やっぱり四天王の皆さんはすごいんだなぁ……じゃあもう一つの短い列は何なのだろう？

「あなたはこちらへ」

と、自分はその短い一列の方に誘導された。結構視線が飛んでくるが、誘導されたんだから仕方がない。並んで待つ事数分、自分は女性の魔族に先導される形で奥に案内された。

「大変お待たせしてしまい申し訳ございませんでした。できるだけスムーズにお迎えできればよかったのですが、予想以上に多くの方々が魔王様に謁見したいと願い出てきている状態で、皆大忙しとなっております……それで、今回こちらにいらっしゃった理由をお伺いしてもよろしいでしょうか……裏の魔王様」

裏の魔王様って言い方されるとちょっと恥ずかしい。

でも、それを知っているという事はこの案内人は上位の魔族の方だな。

「魔王様に、最後の挨拶に来ました。もうご存じだとは思いますが、人族の街近くに出現した巨大な塔。そこの踏破を目指しますので、この世界の土を踏める時間はあとわずかなのです。ですので今のうちに、世界各地の世話になった方々へ最後の挨拶回りをしております」

自分が魔王城に来た理由を告げると、案内人の女性は一つ息を吐いたあとに喋り始めた。

「そうでしたか、やはりあなた様もあの場所へと向かわれるのですね……お話は分かりました。魔王様もあなた様とは個別に時間を取りたいと考えられるはずです。ですので本日は魔王城にご宿泊いただき、魔王様が単独で動ける時間にお会いしていただくという形をお願いしたいのですが……いかがでしょうか」

断る理由はないね。今日はもうログアウトしたい時間だし、最後の挨拶は落ち着いて行いたい。もう二度と会う事はないのだから、ね。

「分かりました、それでお願いします。こちらとしても魔王様とはきちんとした形で挨拶をしたいので、個別でお話しできる時間を設けていただける方が助かります」

こうして、この日は魔王城の客室を借りて休む事に。

魔王様との挨拶が終われば、残っているのはエルフの森の蹴り技の師匠、ダークエルフの長老の子供であるゼイ、ザウ、ライナ。

そこから龍の国の宿屋や龍城で出会った皆さんと、龍神様と黄龍様。最後に妖精国に行ってフェアリークィーンとゼタン。そして、長く相棒を務めてくれたアクアとの別れ、か。

(いろんな繋がりが生まれたが、それらにも幕を下ろすわけだ……寂しくなるが、いつかは来るものなのだから仕方がない)

そう考えをまとめてからログアウトした。

◆　◆　◆

そして翌日ログインし、待つ事しばし——

魔王様が自分が借りている客室まで直接やってきた。

「久しいな、そしてこれが面と向かって話し合える最後の機会とは……寂しくなるな」

「護衛は無用だ。飲み物の用意が済んだら全員部屋の外で待て」と指示を出す魔王様。その言葉に従い、外に出ていく部下の皆さん。部屋の扉が閉められてから数秒後——

「あんなところ行かないでよー！　むしろ魔王業務の補佐をしてほしいよー！　軽い気持ちで面会希望者を受け付けると口を滑《すべ》らせたら、連日大勢の人が来る始末なんだもん！　正直ものすごく後悔している最中だよー！　言い出したのは自分だから普段は全力で取り繕《つくろ》ってなんとかやってるけど、疲れたーよー！」

魔王様が壊れた。そして自分にがっちりしがみついてきた。

こんな姿は他のプレイヤーにはもちろん、魔王様の部下にもお見せできない。魔王様のイメージが砂のように崩れ落ちて、灰のようにどこかに飛んでいってしまいかねない。

「よしよし」

「ああ、癒《いや》されるぅ……」

今、自分にしがみついているのは魔王様ではない。仕事に疲れて愚痴《ぐち》を吐き出したい一魔族だ。だからこうやって右手で頭を撫でてあげて、左手で後頭部をそっと抱いてあげよう。とりあえず、落ち着くまではこのままでいいだろう。

「ごめん、変な姿を見せちゃったね」

「なんの事だか分かりませんが」

「え、それは……うん、そう言ってくれるならそれでいいよ」

十分後には魔王様も落ち着きを取り戻した。ただ口調は砕けたものだったが。

まあ今はプライベートだからいいでしょ。それに、落ち着くまでにかかった十分の間にすさまじい勢いで愚痴がこぼれ出てたからなぁ。相当ストレスがたまってたんだろう……あんな長蛇の列ができる状況が何日も続いていたんだろうからねぇ。

「いや、君のような特殊な旅人がしばし経つと全員いなくなるという話を聞いてね。ならば最後に私と話せる機会を設けようと思って行動したらこの騒ぎというわけだ……見積もりが甘かったよ、これほどまでに人が集まるとは予想もしなかった。部下達にも申し訳ないと思っている」

現実でもこれぐらいの入場者だろうと思って企画を立てて、いざ蓋《ふた》を開けたら予想以上に来たとか、その逆で全然来なかったというのはあるあるだからなぁ。

「魔王様の人徳もあるのでしょう。魔王様を悪く言う人に出会った記憶がありませんから」

そう口にしながら、用意された飲み物を口に運ぶ。

普通に最後の挨拶をしてお互いに元気でって感じで挨拶を終わらせる予定だったんだが、それがちょっと難しくなったような気がする。

しかし、魔王様の業務の手伝いなんてできないもんなぁ。どうしたもんだろう。

10

それからしばし魔王様の愚痴に付き合った。

まあ、その、なんだ。プレイヤーの皆さん、もうちょっと魔王様に敬意を持ってくれと。フレンドリーなのはいいんだけどさ、スリーサイズを聞いたり好きな男のタイプを聞いたりした馬鹿がいたらしいんだよね……魔王様は笑って済ませたそうだが、おそらく同じ場所にいた魔王様の部下達の顔には青筋が浮かび上がっていただろうなぁ。

なお、この日は一日業務が忙しいという言い訳を立てて面会は中止しているそうだ。

まあ、魔王様にも休みがあった方がいいのは確かだ。先ほどのごらんしん（あえて平仮名）状態の魔王様はさすがに四天王の皆さん以外にはお見せできない。そんな姿を謁見に来た人に見られたら、最悪魔王様の心の奥にトラウマとなって残り続けるやもしれん。

「こうやって魔王らしい言葉使いをしない素の口調で話ができる人って、私には貴重なんだよねぇ……正直今でも私は魔王の器としては下の方だって思ってる。それでも必死でやってるのは、支えてくれる部下や国民に報いたいって一心だからねぇ……先代の魔王様は本当にすごかったんだよ」

魔王様、そんな自信なさげな事を言わないでください……あなたは立派な魔王様ですよ。だが、そんな事を口にしてもお世辞って取られそうな心境のようだから今は口にしない。

相槌を打つにとどめる。

「でも、私もいつかは先代魔王様のように強さと優しさを兼ね備えた立派な魔王になりたいね。そして国と国民を守り、部下には立派な魔王に仕えているのだと胸を張ってもらえるようになりたい。それが私の目標なんだ」

ふむ。今でも魔族の皆さんは魔王様に対して悪い印象は持っていないようだし、部下の皆さんも魔王様に不満があるようには見受けられないんだが——魔王様本人が、今の自分自身に対して満足していないんだろうな。

もっと強く、もっと王としてふさわしい存在になるべく己を磨きたいという事か。目標があるのはいい事だ。

「なるほど、より高みを目指したいという事ですね。ですが、無理をしてはいけませんよ？　時には休み、時には周囲を見渡して見落としがないかを確認する時間を設けるべきです」

目標に向かって走るのはいいが、目標だけを見据えすぎて周囲を置き去りにしたり、自分の体を壊したり——そういった失敗は、常に付きまとう。

「うん、そこらへんは分かってるよ。一足飛びに強くなれる方法なんてまずないし、あったとしてもそれはリスクがあまりにも高すぎるってのが大半だからね。リスクが高すぎると言えば……今でも思うよ、あの時の賭けが成功してくれたのは本当に良かったたって」

魔王様が口にしたのは、自分が魔王変身ができるようになったきっかけの時の事だな。

確かあの時、失敗したら化け物になるって事だったと記憶している。

「おそらく、同じ確率で再びなんらかのバクチを打った場合——二度と成功しないでしょうね。あの時の自分のツキには感謝しないと……失敗していたら、こうして話をする事はおろか、あそこで死んでいた可能性の方がずっと高かったのですから」

この場合の死とは、デスペナルティという意味ではなく消失する方である。

アースという存在が完全に消え去る結末を迎えていてもおかしくなかったのだ。むしろそういう結末になる確率の方がずっと高かったはずである。

だが、自分はその賭けに勝ったから今こうしていられる。そして先ほど言ったように、もう一回同じ事をしたらほぼ間違いなく失敗するだろう。二度とはやれない行為である。

「うん、私もそう思うよ。あの時はああする他なかったからやったけど、他にも手段があるのなら絶対にやらなかった禁じ手だったから。成功してよかったというのが、あの時の私の素直な感想。そして、国の窮地を私が解決できなかったという悔しさが、あとで嫌ってほど心の奥底から湧いたよ。あの日からずっと、あらゆる訓練を数倍に増やしてさらなる力を得るべく努力してる」

なるほどね、魔王様の気持ちは理解できる。

魔族の王なのにあの暴走魔力にあそこまでやられた挙句《あげく》、最後のとどめを自分に任せるしかなかったという二つの出来事で、魔王のプライドはこれ以上ないほどにズタボロになっただろう。

そのプライドをもう一度取り戻し、より魔王である事を誇れるようになるために、必死で自分自身を鍛え直しているんだろう。

「でも、まだあの時の暴走魔力に余裕をもって勝てるイメージが湧いてこない。今の私が使う《デモンズ・ジャッジ》では、アース君のような一撃必殺性がない。安定して長時間使えるのは強みだけど、より威力を上げようとすると不安定になっちゃうんだよね……ここが今の課題」

現魔王様の使う《デモンズ・ジャッジ》は、手から刃を生成して切りつけるって奴だったっけか。

確かにあれは長時間使えていたし、暴走魔力のような規格外の相手でなければ十分、一撃必殺級の威力があるはずだ。

何せ《デモンズ・ジャッジ》は魔王が使うまさに切り札、必殺技。弱いはずがない。

ただ、あの時の暴走魔力とは相性が良くなかった、という面はあったかもしれないが。

「ですが、自分の方は撃つのに時間がかなりかかりますからねえ……すぐに出せて安定して使えるというのも立派な強みだと思うのですが」

自分のはまさに一撃必殺だが、放つまでの準備時間が長すぎる。

誰かが壁役をやってくれるとか、相手に気が付かれていない場所から狙撃するように撃つとかの手段を取らないと妨害《ぼうがい》される事は言うまでもない。その分、威力はとてつもないのだが……

「しかし、あの暴走魔力を止めたのは君の《デモンズ・ジャッジ》だった。あの輝きと威力に私の心は惹《ひ》かれたままなんだ。あの輝きこそが、私の目標の一つなんだ……いつか追いついて、君に見てもらいたかったんだがな……」

――まさか、そんな事を魔王様が思っていたとは知らなかった。

確かに自分の《デモンズ・ジャッジ》は多くの魔力を周囲からかき集め、七つのリングを通して矢を射る事で道を作り、とどめに波○砲よろしく溜めた魔力を全開放して吹き飛ばすから、すさまじい威力と輝きを発する。その輝きが、魔王様の心にそんな想いを植えつけていたとは。

「魔王領に居座っていた雪雲を吹き飛ばしてもらった事もあったね。あの時は体調も万全だったから、一から十まで君の《デモンズ・ジャッジ》の挙動を全て目に焼き付けさせてもらった。目指すべき到達点として……あのような事態が、またいつ来るか分からない。そしてその時に君はもういない。私がやるしかないんだから、できるようにならなきゃいけない。できません、は魔王には許されないんだ。この国の命を預かる王として」

そうだな、魔族の皆さん的に魔王とは魔族の力の象徴という面がある。だから、よっぽど無茶な事以外は、魔王がその力を振るえばなんでも解決できるという事を魔王領の国民に示し続けなければならない。

もちろんこれは、国民を上手く動かして解決するという頭脳系でもいい。でも、やっぱり受けがいいのは戦闘系なんだよね。特に現魔王様の評価が跳ね上がったのが、暴走魔力を少数で抑え込んで国民を徴兵せずに済ませたあの一件なんだよねぇ。

「今日から心をもう一度新たにして修練を積むよ。君が心置きなくここから旅立てるようにしないと、魔王としてじゃなく私が納得できない。君が私なら大丈夫だって心から信じてくれるようにならなきゃいけないんだからさ」

魔王様の言葉に、自分は頷く。こういう心構えができているのであれば、心配はしていない。

彼女はいつか、目標としている魔王様よりもずっと強く、誇り高い魔王となるだろう。それを見られないのは残念だが……いつか彼女なら必ずやり遂《と》げるはずだ。

「自分も、これから生きていく先で起きる出来事や困難を通じて修練を積んでいきます。もし、万が一また出会える時が来たのであれば胸を張って報告できるように。裏の魔王としてではなく、自分個人として恥ずかしい姿をさらすような事がないように」

こう返答したあと、自分と魔王様の両方の顔に笑みが浮かんだ。

計算された笑みではなく、自然にこぼれ出るような笑み。

「なら、いつか来る再会を楽しみにもっと強くなっておくよ」

「ええ、また一緒にこうして話をしましょう。お互い、その時には話す事がいっぱいありそうですからね」

その日は十中八九、来ない。自分はもちろん、魔王様だって十分そんな事は分かっている。

でも、もしかしたら。何かの拍子《ひょうし》でまた出会う時があるのかもしれない。そういう望みを持って生きていくのは、悪い事ではないだろう。

「じゃあ、またね。そろそろ本当に仕事に戻らないと部下達が大変な事になってしまうから」

「ええ、私も行かねばならない場所がありますから。また会いましょう」

そう声をかけ合ったあとに魔王様は席を立ち、外に出ていく。

部下達に「待たせたな、次の仕事に取りかかるぞ」と、威厳《いげん》のある声をかけていたし、休息状態は終わったようだ。

自分もそれから、魔王城をあとにした。

さて、次は蹴りの師匠であるエルフ、ルイさんに会いに行こうかな。

11

魔王城を出て、国境を越えてエルフの街へ。

アクアの移動速度のおかげで日が暮れる前に到着する事ができた。しかし夕暮れ時にお邪魔するのはいかがなものかと考えて、この日は宿屋に泊まってログアウト。

ルイ師匠に会いに行ったのはその翌日の事だった。

「そっか、やっぱりあの塔に挑むんだね」

挨拶に来た理由を告げると、ルイ師匠はそうつぶやいた。やっぱり、という言葉が出てくるのだから薄々分かっていたのだろうな……自分があの塔に向かうという事を。

「ええ、登ってみたいんです。そしてその上に何があるのかを見てみたい。地上から見上げてもそのてっぺんが全く見えませんから……いったいどこまであの塔は続いているのか、それを自分の目で確かめてみたいのです」

ミリーに挑戦してほしいと言われた事は誰にも言わないでおく。

まさか塔の持ち主？　建設者？　に呼ばれていると言っても、信じてもらえないだろうし。それに、先ほど口にしたてっぺんに何があるのかを見てみたいという言葉に嘘偽りはない。

「そうね、気持ちは分かるわ。私だって、あんな高くて上がかすんで見えない塔の上には何があるのか、もしくは何もないのか。どっちでもいいから見てみたいという気持ちはあるもの。でも残念ながら私は入れないらしいから、それを見に行く事ができないのよね……あの塔を建てた存在はなかなかケチだと思うわよね？」

ルイ師匠の言葉を聞いて、自分は苦笑した。

確かに、プレイヤー以外に挑戦権を与えないのはケチと捉える事もできなくはないのか？

「もしくは、なんらかの理由があるのでしょう。塔の中に入ると、問題が起きるのかもしれませんね。あの塔を建てた存在は、それが好ましくないと考えている可能性もあります。まあ、これもまた自分の想像にすぎないのですが」

と返答したら、ルイ師匠は考え込むようなしぐさを見せ……ふむ、と声を出した。

「確かに君と私は生まれた場所そのものが違うんだったね。それが理由なのかもしれないか……つまり、あの塔の持ち主は君達だけを試したいのかもしれない。我々の事は大まかに分かっているからその必要がない、と見たのかも。もしくは、君達だからこそ、なんらかの可能性があると考えたのか……」

ルイ師匠が、本気で考察を始めてしまった。邪魔をするのは悪いので、黙ってしばらく待つ事に。

それから数分ほどあって——ルイ師匠は立ち上がった。

「確認したい事があるわ。今すぐ訓練場へ行きましょうか。もしかしたら、もしかするかもしれない」

ルイ師匠が言いたい事がイマイチよく分からないが、それでも無意味に行動するわけではないはずだ。なので、素直にルイ師匠とともにエルフの街にある訓練場へ移動した。


訓練場の中には、エルフの大人や子供が数人いて、剣の手ほどきをしている組や、弓矢の訓練を指導している組などが活動していた。

「空いている場所は……ああ、あそこの端が空いているね。行こうか」

他の訓練をしている人達の邪魔をしないように注意しながら移動し、訓練場の端っこへ。

そこにはいくつかの訓練用の的《まと》があるのだが、ルイ師匠はその的をいろんなものを持ってきて補強し始めた。しばし経ち、木をメインに作られていた的の上に、ガッチガチの金属鎧や盾をいくつも無理やりくっつけた的ができ上がった。

「これを蹴ってみて。アーツは使わず己の力だけで、全力で」

ふむ、今まで積み重ねてきた集大成を見たいという事なのかな？

なんにせよ、師匠がやれと言うならやるだけだ。

アーツは禁止という事なので、的に近寄ってから呼吸を整え――全力の右上段蹴りを的に向かって叩き込んだ。その蹴りはガッチガチに補強してあった的を吹き飛ばしてけたたましい音を立てた。が、これぐらいの音は慣れっこなのか、他の訓練をしているエルフ達から文句は飛んでこない。

「――間違いないね。君は私が限界だろうと考えたラインを越えている。いったい何をやったのかは分からないけど、それだけは確実だ。うーん、あの時の感覚だとこのラインを一生越えるはずがないと思ったんだけどなぁ。先ほどの的をある程度崩す事はできるだろうけど、吹き飛ばすとは思わなかったし。でも、アーツや魔法の強化をした気配は一切なかったから、間違いなくアース君の実力だし」

ルイ師匠が小声でつぶやいている。この結果はルイ師匠の想定外だったらしいな……そういえばルイ師匠から限定的な蹴りの師範代候補にしてもらったあとにも、いろいろあったからなぁ。

黄龍関連も進化したし、山ほど戦った。

そういった事が積み重なって、過去のルイ師匠の見立てを超えたのかもしれない。

「よし、ならば方法は一つかな。アース君、これから私と組手しよう。ルールはアーツなし、武器なし、このあと渡す以外の防具なし。ＯＫ？」

ルイ師匠の言葉に頷いて了解の意思を示す。

そしてルイ師匠から渡された防具は、エルフの一般的な訓練用の服だった。緑を中心とした色で染められており、動きやすいので修練に使うのに持ってこいの一品だ。

普段身にまとっている装備を全てアイテムボックスの中にしまって、渡された服に着替える。

「じゃあ始めよっか。ああ、私は手も使うからね？　蹴りだけだなんて思わないように」

まあ、組手だからそういうもんでしょう。こっちも手は使う。ただスキルがないからダメージはない。でも、蹴りに繋ぐための手段として用いれば良いのだ。

「分かりました、ではよろしくお願いします」

双方ともに軽く礼をして構える。一時の静寂の後、自分もルイ師匠も一気に距離を詰めて近接打撃戦が始まった。

ルイ師匠は遠慮のかけらもない容赦ない連撃を放ってくるが、今の自分なら対処はできる。むしろ時々カウンター攻撃をする余裕もある。が、そのカウンター攻撃はしっかりと防御されたり受け流されたりしているので、双方クリーンヒットはまだない。

ルイ師匠のパンチを受け流し、放たれたキックをこっちのキックで相殺し、投げようと掴《つか》みかかってきた手を弾き、再びキックをぶつけ合った。

攻撃を打ち合うごとに集中力は増し、より速くより激しくなっていく。

だが、十分についていける。そうさ、有翼人との戦いをしのいだ自分なら、これぐらいできて当然。できなきゃ間抜けと言われても文句は言えない。

さらにルイ師匠のペースが上がった……が、問題はないな。うん、過去の自分じゃどうしようもなかっただろうけど。自分も成長できてるんだなーと感じられるこういう瞬間は悪くないね。

あとはただひたすらに打ち合う事だけに集中する。

ルイ師匠、速度だけじゃなく威力も上げてきたな？　受けそこなった腕が痛みで痺れる。

(師匠もちょっとだけ本気を出してきてくれたという事かもしれん。ならば、全力で応えてこそ弟子というものだろう)

攻撃の手数は減るけど、一発の重みを増す方向でギアチェンジ。丁寧に捌かないと一気に押し込まれるな……格闘ゲームで言うなら、壁際に追いやられて一回のミスで最大ダメージを食らうコンボを決められる状況のような気分。

それでも、反撃できるタイミングを辛抱強く待って、合間合間にカウンターを叩き込む。

そのカウンターも全部ガードされているんだが、こちらの蹴りを防御するたびにルイ師匠の顔が少しゆがむ。ある程度のダメージは通っているみたいだな。

まあ、こっちも防御しているとはいえ無傷ではない。剃刀《かみそり》のように切り刻まれる気分だ。受け流しを失敗してただの防御になると、皮をスパッとやられたような感覚に襲われる。

組手はしばらく続いた。ルイ師匠が間合いを取ってここまで、と言ってきた時、集中力の霧散とともに疲労が襲ってきて危うく崩れ落ちそうになった。

吐く息は荒いし、ちょっとくらっと来た。

かなりへばったなぁ……ここまでへばったのは久方ぶりな気がする。

「うーん、うーん。予想より遥かに上だねぇ……何がどうなってこうなったのかが一切分からないんだけど……自分の見立てがここまで狂うと自信なくしそうだ。でも、アース君がおかしいだけだよねぇ」

ルイ師匠がまたぶつくさ言っているけど、おかしいと言われるのは仕方がないか。もうね、自分の冒険してきた道筋は自分で見直しても狂ってるって即座に断言できちゃうから。

もうちょっと穏やかでもよかったんだよ、いや、ほんとに。

やがて考えがまとまったのか、自分を見据えたルイ師匠はこう言ってきた。

「アース君、もう一つ技を覚える気はない？　汎用性《はんようせい》あるよ？　とっても強いよ？」

「お願いします」

自分は速攻で乗った。こういう機会は絶対逃すべきじゃない、ってのは説明する必要もないだろう。さて、何を教えてもらえるんだろ？

「じゃ、右足のズボンだけまくって素足を出してもらえる？」

ルイ師匠の言葉に従って、右足のズボンをまくる。高さは膝のあたりまで。ルイ師匠がその高さでいいと言うので、まくり上げたズボンがずり落ちないように細い縄《なわ》で軽く縛っておいた。

「うん、うん、これなら行けるね。じゃ、これからちょっとした事をするから、絶対に動かないでね。失敗したら取り返しがつかないから……時間にして大体一分ぐらいで終わるよ」

自分の右足を触ったり揉んだり何度も慎重に確認したルイ師匠は、そんな事を口にした。

まあ、一分ぐらい動かないのは難しくもなんともない。

悪意を持って妨害してきそうな人もいないし、失敗はないだろう。

「分かりました、では始める時に声をかけてください。それから一分の間は動きませんので」

自分の確認が取れた事で、ルイ師匠は早速動いた。

「じゃ、始めるから今から一分ね」と言うや否や、自分の右足に人差し指で無数の突きを入れたり、小指でネジを締めるかのような動きを見せ始めた。

何をやっているのか全く分からないのだけど、ルイ師匠からすさまじく集中している気配と、声をかけるなという無言の圧力が混じり合って自分に伝わってくる。

それから一分後。ルイ師匠の右足をつつく作業は終わったようだ。

なお、散々つつかれた右足だが、痛みどころか触られたという感触が一切なかったのがかなり異様で気持ち悪かった。

いったい何をされたんだか……まあ、これからルイ師匠が教えてくれるだろう。

「よかった、上手くいったよ。さて、何をされたのか分からなかっただろうけど説明するよ。右足限定で、新しい技を使えるようにするために必要な事をさせてもらった。それと先に伝えておくけど、これは両足には施せないんだ。右か左か、相性のいい片足にのみに施せる一種の儀式ってところかな。ちなみに私は左足にやってあるよ」

ふむ、そういう制限があるから、素足になってほしいと言われたのが右足だけだったというわけか。んで、新しい技とはなんだろう？

「そして、身につける事ができる技は《幻蹴追武《げんしゅうついぶ》》。どういう技なのかは、直接受けてもらうよ。大丈夫、威力は最低に抑えるから、さっきの組手の時のように受け止めてみてよ。それですぐ分かるから」

受ければすぐ分かる、か。なら、師匠の言葉を信じましょう。

自分は構えを取って、どんな角度から攻撃を仕掛けられても受けられるように体勢を整えた。

「いつでも大丈夫です」

「じゃ、しっかりと受けてね」

ルイ師匠は数回軽くステップを踏むと、なんの変哲《へんてつ》もない左足のミドルキックを放ってきた。自分はそれを受けるべく防御態勢を取るが、そこでルイ師匠の左足に起きている現象に気が付いた。

(師匠の足に、いくつもの幻影がついてきている？　他のゲームで言えば、ゲージを使った超必殺技なんかに出てくる演出っぽいが……何？)

ルイ師匠の左ミドルキックを受け止めた自分は、《幻蹴追武》なる技の効果を理解した。

師匠が放った左ミドルキックは一発だけで、防がれたあとに足を動かしていないのにもかかわらず何回も追撃が来た。

そう、それは師匠の左ミドルキックについてきた幻影が自分の足に当たるタイミングと同じ。

「分かったよね？　これは他の武器の技にもある幻影をまとって攻撃するという技。で、この技の特徴は他の技と同時に効果を発動する事ができるという点。もちろん精神力の消耗《しょうもう》は激しくなるけど、さらなる火力を短時間で出せるのが売りかな。もちろんこれ単体で使ってもいい。こんな事ができるからね」

ルイ師匠は的の前に移動して、左足で蹴りのラッシュを放つ。これは、俗に言う腕とか足がいくつも同時に見えるラッシュ系必殺技になっているではないか。

なるほど、幻影の力を借りればこんなラッシュも可能になると。的からはまるで二門のガトリングを撃っているかのような乱打音が聞こえる。少しあとに、ルイ師匠は的を蹴るのをやめた。

「と、こんな感じで実際に蹴った回数の何倍もの手数とダメージを与えられるようになるという奥《おう》義《ぎ》の一つね。今の君ならできる事が分かったから、伝授させてもらったよ。さ、やってみて」

と、技の効果の説明を終えたルイ師匠の言葉に従い、早速《幻蹴追武》を使ってみる事にする。

このアーツはスイッチ式みたいだ。使うスイッチを入れたら、オフにするまでずーっと出っぱなし。ただ、ＭＰの消費は右足で蹴りを放った時だけ。左足で蹴った時には消費しない。

アーツがオンになると右足に幻影が漂うから、使っているのがバレバレになるな。

ルイ師匠の幻影は蹴る時以外は漂っていなかったから、これはおそらく経験の差なんだろう。

では早速、的を右足で蹴ってみる。もちろん全力では蹴らない、最初は感触を掴みたいからね。

ふむ、幻影に接触判定があって蹴りが阻害されるような事はないんだな。それでいて、的に蹴りが当たれば打撃音が複数回聞こえてくる。ただ、ルイ師匠がやった時はもっと多くの音がしていた気がする。ここら辺もまだ、覚えたてでは本領を発揮できないみたいなところがあるのだろう。

締めとして、右足で何回も的を蹴るラッシュ攻撃をやってみた。結構な速度で的に蹴りを当てているのだが、さっきルイ師匠が見せてくれたような圧倒的なラッシュにはならない。

大体半分ぐらいかな、打撃音の数は……

それでも幻影がある分、普通にやるよりはラッシュ感が増すが。

「うん、きちんと出せているね。あとはとことん使い込んで修練を重ねれば、私が見せたようにもっと多くの幻影を出せるはずだからめげずに頑張ってくれると嬉しいかな」

やっぱりそうなんだな、このアーツは個別に熟練度みたいなものがあるんだろう。とにかく使い続けなければいけないという結構面倒なタイプだ。

当分の間、このアーツはオンにしたままにしておくかね。

そしてできるだけ右足でモンスターを蹴る、と。

「分かりました、少しでもルイ師匠の蹴りに近づけるように修練を重ねます」

ま、塔を登る一年間で嫌ってほど修練はできるだろう。

最後の決戦までに、できるだけ練度を上げておきたいアーツだなぁ。

「この技が、旅立つ君に贈《おく》れる最後のプレゼントかな……本音を言うならさ、あんな塔なんかに挑まず、今後もちょくちょく顔を見せてほしいんだけど。でも、挑むと決めた君の目は真剣だったからね。ならばその手伝いを最後までするのが師匠というものじゃない？」

ルイ師匠の声から元気がなくなっていく。

「君が、エルフだったら良かったのに。エルフだったら常に一緒にいて、もっと手取り足取り教えて鍛えて、そして君を正式な師範代にするところまで鍛えて、受け継いだ技を一緒に長く――」

ルイ師匠は言葉をそこで区切ると、自分に背を向けた。

肩が震えている。地面にシミができている。

「初めてできた弟子だったんだ。真剣に学んでくれる弟子だったんだ。出かけて戻ってくるたび強くなって、私を慕《した》ってくれる私にとっての愛弟子《まなでし》だったんだ。そんな弟子が、もうすぐ遠いところに行ってしまう……笑顔で送ろうと思っていたよ。義理堅い君の事だから、最後の挨拶に来るだろうと思っていたから――」

地面のシミは大きくなるばかりだ。肩の震えも止まらない。

ただならぬ雰囲気に、周囲がこちらを窺《うかが》っている気配を感じる。

でも、そんな気配など知った事かとばかりに、ルイ師匠の絞り出すような声が続く。

「ごめんよ、困らせるつもりなどなかったんだ。でも、体術を得意とするエルフの中では異端《いたん》な私を師匠と呼んでくれて訓練をともにできる君と、もう二度と会えないという事実がやっぱり重すぎるよ……もし願いが叶うなら君と一緒にあの塔に挑みたい。でも、それすら叶わない……本当に、現実って奴は残酷すぎる」

かける言葉が見つからない。なんというか、ルイさんにとって自分はちょくちょく訪ねてきてくれるかわいい孫みたいな存在だったんだろうか？

弓を得意とするエルフの中にあって、蹴り技などの体術を修めているルイさんとその師匠であったエルフは確かに異端だっただろう。出会った時もそんな感じで紹介された記憶がある。

そんな孤立しがちな生活の中で、師匠と呼んで一緒に蹴り技を伝えてくれる自分のような存在は希少だったのだろう。確かに、自分がルイさんのところを訪れた時に、嫌な顔をされた記憶がない。

いっつもルイさんは笑顔だった。エルが殺されてしまったあと、自分がエルフの街にやってきた時に立ち寄るのはルイさんのところが圧倒的に多かったっけ……な。

「師匠……」

自分がなんとか声を絞り出すと、ルイさんが自分に抱きついてきた。顔を自分の胸にうずめて、声を殺して泣いている。

そっと抱き寄せて、頭を静かに撫でて落ち着くまでそっとしておく。

自分にはもうそれ以外、何もできなかった……

(こういう時、本当にどうしていいのか分からない。かけるべき言葉も出てこないし……年を重ねても、まだまだ自分は幼いという事なんだろうか)

ルイさんの静かな泣き声を聞きながら、そんな事を思う。

チリチリと、心のどこかを焼かれるような感覚がする。ああ、とても痛い、な。

12

なだめ続ける事しばし、ルイ師匠もなんとか落ち着いてきた。

そっと自分から離れたあとは顔をそむけた。先ほどまでの行動が恥ずかしかったのかもしれないので、追及はしない。

周囲からもチクチクと視線が飛んできていたが全力で無視して、訓練場を出る。

そのままルイ師匠の家に一回二人で戻り、ルイ師匠は顔を洗いに行った。

（ルイ師匠には申し訳ないという気持ちももちろんあるけど、ここで立ち止まるわけにはいかないんだよなぁ。もうすでに何人もの人に行き先を告げて挨拶をしているし、あの塔への誘いをかけてきた存在とも顔を合わせたい。何せあのミリーさん……プレイヤーが六英雄の一人だったとは完全に予想外だったが、彼女からも来てほしいと言われている）

どう考えても、ルイ師匠の願いを叶える事はできない。それをルイ師匠も分かっている。

でも感情が抑えきれなかったんだろうな……と、ルイ師匠が戻ってきた。

「ごめんね、人の目がある場所であんな事をしちゃって。我慢したくてもできなかったの、本当にごめん！」

目を閉じてこちらを拝むような姿でルイ師匠が謝ってきた。

その姿を一瞬かわいいと思ってしまった自分にちょっと突っ込みを入れたくなったが、ぐっとこらえる。

「いえ、気にしないでください。ルイ師匠の気持ちが分かるとは言えませんが、それでも伝わってくるものはありましたから」

ルイ師匠が発した言葉は、全てが寂寥《せきりょう》感に満ちていた。

繰り返すが、エルフは弓を用いた戦闘方法が主流であって、ルイ師匠のように格闘を得意とするエルフは異端だ。無論仲間はずれにはされていないだろうし、エルフの森に時々起こる例の問題にも欠かさず出陣しているはずだから、そちらの問題もないはずだ。

だが、切磋琢磨《せっさたくま》する相手はいない。

そしてこれは自分の想像になるが、多分ルイ師匠は格闘も習ってみませんか？　と多くのエルフに声をかけていたと思っている。

ルイ師匠は活動的だし、そういう誘いを全くやっていないとは思えない。だが、その誘いは全て断られたんだろう。自分には合わないとか、格闘の修練よりもっと弓の腕を磨きたいとかで。

結局、そうしてルイ師匠はあまり他のエルフとの交流をしなくなってしまったのかもしれない。

そこに、ぽんと自分がやってきてあれこれ面倒を見た事で、無意識のうちに蓋をしていた感情が溢れてしまったからこそ、さっきの訓練場であんな風に爆発させてしまった——多分、そう間違ってはいないだろう。

「ありがとね。うん、あそこまで人前で泣いたのなんて何百年ぶりかな？　思い出せないわねぇ」

一転してからからと笑うルイ師匠。無理をしているのがバレバレだ。

でも、それを指摘してはいけない。

「まあ、あの訓練場にいた人達の間でどんな噂《うわさ》が立つのかが怖いですけどね。痴情《ちじょう》のもつれとか言われたらやだなぁ……」

自分が苦笑を浮かべながらこぼした一言に、ルイ師匠も苦笑いした。

「噂が好きな奴ってのはどこにでもいるからねー、それこそ大人子供問わずに。さらにその手の人達は勝手に話を盛るから、痴情のもつれどころか、それ以上の話にされそうね。で、私が必死に否定したとしても、ますます面白がるだけでしょう。明日からちょっと面倒な事になるかもしれないわ……まあ、そんな話を広げた人には、ちょっとした地獄を見せるつもりだけど」

ちょっとした地獄、で済むのだろうか。多分済まないだろうなぁ……

でも、人の噂を勝手に広げて面白おかしく話を盛る奴に対して、個人的に良い感情は持たない。

そうだな、冷静に考えれば地獄を見てもらうぐらいでちょうどいいのかもしれない。

口は災いの元という言葉が当てはまるぐらいに、痛い思いをしてもらおう。

「ぜひそうしてください。勝手な噂を立てて楽しむような奴に、情けはいらないでしょう。その手の連中は、思い出したら漏《も》らすぐらいの痛い思いをしないと自分が何をやっているかを理解しないものです」

――ま、本当の意味で馬鹿な奴は死んでも理解しないんだけどね。俺は噂しただけだ、なんて言うんだろうけどさ……噂だって人を傷つけるし、殺し殺されるなんて話にも発展するのだ。噂が好きな奴は基本的にこの手の恐ろしい展開を全く理解していない事が多い。

言い換えれば、そういう恐ろしさを知らないからこそ平然とやれるのだろうが。

「うん、君の言うとおりね。ああいう奴らは、自分が何を言っているのかを分かっていないのよね。あなたの発した言葉でこちらはこれだけ傷つけられたって事を、空っぽの頭とでかいだけの体にしっかりと教育する必要はあるわよね」

ルイ師匠が、某世紀末救世主のように指をぽきぽきと……いや違う、殺《や》る気満々でボキボキと鳴らしている。

やべぇ、部屋の温度がぐんと下がった。背中に冷や汗も流れ始めた。ガチで地獄に送るつもりだ、これは。どうやら、また別の地雷があったらしい。

でも、ルイ師匠を止めるつもりはないぞ、自分にも。

「そういう噂を流しそうな奴の目星がついているんですか？」

「ええ、訓練場にいた面子の中にはいなかったけど、その友人で話を盛りまくる連中なら数人ほど浮かんでるわ。あいつらがもしろくでもない事を喋ったら、その瞬間……うふ、ウフフフフフフ……」

ちょっと、ルイ師匠の目から光が消えたんですが。相当根っこが深いなこれは……いったい過去に何があったんだ？

多分自分がここに来る前に何かあったんだろうなぁ。自分が初めてエルフの村を訪れてから今まで、ルイ師匠に関する噂話ってのは聞いた事がない。

だから、ここまでルイ師匠が殺気をまき散らす理由に自分は心当たりがない。

逆に言えば、ここまで殺気をまとうほどにひどい噂を流されたって事でもあるか。これまた勝手な推測だけど、その時は満足するようなお仕置きができなかったんじゃないか。で、今回ろくでもない事をしたら、その時の分までまとめてお仕置きするつもりなんじゃないか、と。

なんというか、不安になってきたぞ。ルイ師匠への挨拶が終わったらすぐダークエルフのところに挨拶をしに行くつもりだったが、今のルイ師匠を放置するとまずい気がする……

なので、自分はこの日エルフの街で一泊する事にした。

もちろんルイ師匠の家ではなく、宿屋でだ。もしこのタイミングでルイ師匠の家に泊まったら、さらにとんでもなく面倒な噂を流される可能性があったからだ。

◆　◆　◆

翌日、いつも通りにログインする。

とりあえず一晩の間に、ルイ師匠が複数のエルフを血祭りにあげていた、という事はなかった。

「思ったより、穏やかだな」

「ぴゅい」

アクアは状況を全て理解しているので、自分の言葉に同意していた。アクアもエルフの街が血で染まる可能性があると考えていたのだろう。鳴き声からもほっとしているような感じを受ける。

宿屋をあとにしてエルフの街を見回ってみたが、どこも特に変わった様子はないようだ。

良かった、ルイ師匠の暴走はなかったんだな……一応最後に訓練場を見に行く事にした。

ここも普段と変わらなければ全て大丈夫だ。

訓練場に近づくと、訓練をしているエルフ達の声が聞こえてくる。

うん、ここにもおかしい雰囲気はない。

念のため中も確認しようと訓練場のドアを開けると――そこには普通じゃない光景が広がっていた。

「すごーい！」

「つよーい！」

「弓を使わないのにあんなに強くなれるんだ！」

歓声を上げているのはエルフの子供達。で、戦っているのは……ルイ師匠とエルフの男性？

エルフの男性は弓を構えているが、あれじゃダメだ。ルイ師匠の速度にはついていけないよ。

矢を放つ前にルイ師匠に懐に潜られて、あっちゃー……あれはリバーブローじゃないか。ルイ師匠もえぐいの入れるな。というか、この状況は何なんだろう？

「ま、参った……」

リバーブローを食らってダウンしたエルフの男性が降参した。うん、降参しても無理はない。あれは本当にきついからなぁ……

自分も訓練中にもらった記憶があるから、その辛さは分かる。リアルでもらったら吐いてもおかしくないぞ。うん、しばらく立ち上がれそうにないなあ、あの男性は……

「さあ、次は誰かな？　弓でもなんでも好きなものを使っていいよ？　私はこの通り素手で挑戦を受ける！　さあ、我こそはと思う者はもういないの!?」

「ならば俺が行く！　子供の前で弓に忠実に訓練する事こそが正しいのだと見せてやる！」

「パパー、がんばれー！」

おっと、次の戦いが始まるようだ。観戦してみるか……

邪魔をしないように静かに訓練場に入り、隅《すみ》っこで気配を殺して戦いを見守る。戦いは訓練場の端《はし》から端を目いっぱい使うようだ。これなら弓による攻撃は十分に使える。

で、ルイ師匠はいかに弓の攻撃をかい潜って距離を詰めるかという形になるんだろう。

「では、両者準備はいいか？　始め！」

「いくぞ！」

開始を告げられるとほぼ同時のタイミングで、弓を構えたエルフがルイ師匠に矢を放つ。

放たれた矢は速いし、同時に三本から四本の矢を放っているので結構な弾幕になっている。かなりの使い手だな、この男性エルフは。

しかし、ルイ師匠はその上をいく。放たれた矢を躱《かわ》すのはもちろん、矢を指と指の間に挟《はさ》んで受け止めながら距離を詰める。

「く、俺の矢を受け止めるだと⁉」

「これでも修練は積んできているの。積み重ねから生まれる動体視力を舐《な》めないでよね」

全く、師匠は化け物ぞろいだ。自分だと……うん、【レガリオン】で叩き落とすのはギリギリできそうだが、ルイ師匠のように指で挟んで止めるってのはさすがに無理だわ。

じりじりと距離を詰めるルイ師匠にガンガン矢が飛ぶわけだが、一発もルイ師匠に有効打を与える事ができずにいた。

そしてついに格闘の間合いに入るくらい、両者の距離が詰まった。

その間合いに入った瞬間、ルイ師匠が一気に速度を出して詰め寄った。その一方でエルフの男性は前方に大きく跳躍《ちょうやく》した。なるほど、これならルイ師匠を飛び越えて距離を取りつつ、背後を取れる。悪くない手だ、そう自分が考えた瞬間だった。

「その動きは想定内よ」

「なっ⁉」

前方に距離を詰めたルイ師匠が、跳躍した。そのタイミングはまさにエルフの男性がルイ師匠の真上を越える時。

ルイ師匠は空中でエルフの男性の腰あたりを掴むと、そのまま後ろに仰《の》け反《ぞ》るような動きを見せる。捕まった男性エルフはそのまま地面に叩きつけられた。

「がふっ⁉」

これまたえげつない。この訓練場の足場は木だ。プロレスのマットのように衝撃を軽減させる仕組みなんて一切ない。そこに叩きつけられたんだ、効かないはずがない。一発でＫＯだろうな……

その読み通り、床に叩きつけられたエルフ男性は降参した。しかし、だ。

「いったい、これはどういう事なんだ？　なんでルイ師匠とエルフの方々が模擬戦をやってるんだ？」

「ぴゅいい？」

そんな自分の声と、人の言葉に翻訳するなら「さあ、さっぱり分かんない」という感じのアクアの鳴き声に、模擬戦を見ていたエルフの子供達が教えてくれた。

「噂が立ったんだ、弓ばっかりじゃダメだって」

「弓は大事だけど、近距離に寄られた時は格闘の方が良いって」

「だから、その噂をはっきりさせるために今こうして戦ってるの」

ふうむ、先日の一件で噂はやっぱり立ったのか。

ただ、自分やルイ師匠が予想した噂とは方向性が大幅に違うな。どうやら噂は、自分とルイ師匠が行っていたあの組手についてのようだ。

弓こそが至高であり、他は補助というのが今までのエルフの戦い方における常識だったと記憶しているが、あの組手を見た人達が……いや、もしかすると噂を立てたのは子供達なのかも？

疑問を持って、それを他の子供にも広めて、それが噂に発展していったとか。

子供というのは柔軟《じゅうなん》性の塊《かたまり》だ。大人達は今までの伝統通りに弓を重要視するだろうが、まだ武術を習い始めたばっかりの子供達にはそういった考えはない。

そして、昨日のルイ師匠とやった組手を見て、弓だけじゃダメなんじゃないか？　と思った可能性はある。で、自分の親などに弓だけで本当に大丈夫なの？　と聞いたのかもしれない。

当然、大人達は弓を中心にやればいいと答えたはず。その親の返答を聞いた子供達はこう考えるだろう。なら実際に戦ってみて正しいのかどうかを見せてほしいと。

だから今、こうして模擬戦をやっているのではないか？　と予想を立ててみる。

そうじゃなきゃ、ルイ師匠が他のエルフの方々と模擬戦をやる理由がない。

「すげー、格闘だけで勝っちゃってるよ」

「というか、父さん達は距離を詰められたらほとんど何もできてないじゃん」

「距離が離れてる時は確かに弓は優秀だけど、距離を詰められたら一方的じゃない」

「余裕で勝てるさ、って昨日の夜は言ってたのにー」

負けたエルフの方々に、子供達の容赦ない声が突き刺さっている。一部のエルフは胸を押さえて言葉の刃が痛いと訴えてすらいる。

まあ、子供ってのはこういう時に容赦ないからなぁ……オブラートに包むっていうのは、大人になってからじゃないと身につかない考えだ。

「さあ、次は誰？　このまま負けて終わったら、子供達に武器は弓だけで十分だと証明できないまま終わっちゃうわよ？　弓だけあれば十分に戦えると証明する猛者《もさ》はいないの？」

軽く体を動かしながら、ルイ師匠が言う。

その時、訓練場の入り口のドアが開いた。中に入ってきたのはエルフの女性。金髪のロングヘアに優しげな表情からは母性を感じる。出るとこ出てるなかなかのナイスバディで目を引く。

だが、一番目につくのはその鍛えられた腕。

パッと見ただけでも相当に鍛錬を積んでいると分かるぐらいに引き締まっていた。

「その勝負、次は私が受けるわ。ルイ、加減はできないわよ？」

「へえ、あなたが模擬戦をしてくれるなんて嬉しいじゃない、スイネ。現時点で最高の守り人《もりびと》と言われているあなた相手なら、良い戦いができそうね」

どうやら、入ってきたエルフの女性はスイネさんというらしい。

で、エルフの街一番の弓の使い手であると。

「子供達が、弓の修練を怠《おこた》るようになっては困ります。なので、私があなたに勝って弓の優位性を証明します」

「なんか勘違いしてるわね……私は弓の修練をさぼれなんて言うつもりはないわよ？　ただ、距離を詰められたら格闘の方が優秀だと言っているだけよ」

二人の間に火花が散ったな。

お互いにやる気満々、一触即発の空気に子供達が盛り上がっていく。

「やれやれー、やっちゃえー！」

「スイネさん、がんばれー！」

「ルイさん負けるなー！」

怖いもの知らずだなぁ、子供って。

そんな声をかけたらあの二人の心の中にある炎に、ますます大量の油が注がれちゃうじゃないか。

ルイ師匠が訓練場の端まで移動する。その姿を怪訝《けげん》そうに見るスイネさん。

「ルイ、あなたは何をやってるの？」

「何って、戦いを始める準備よ？　この離れた状態から始めて、どちらかが降参するまで戦うってのがルールだから」

スイネさんは、その始め方を知らなかったのだろう。ルイ師匠がここで模擬戦をしているという話だけを聞いてやってきたと予想される。

弓が優位な状態から始まっているのに負けている……その事実を知って、スイネさんの視線がルイ師匠に負けて休んでいるエルフの皆さんに向かう。

あーあー、あんな冷たい視線を向けたら見られているエルフの皆様方はたまったもんじゃないね。

「——あなた達には、あとで修練を積んでもらいます。とりあえず三か月ほど、軽い地獄を見るぐらいにしごきますので、今日家に帰ったら準備をしておきなさい」

「「「「は、はいい！」」」」

ご愁傷様としか言いようがないな。そして、軽い地獄で済むのだろうか？　エルフの皆さんが、全員バイブレーションしているんですが……しかも顔には冷や汗がすごい勢いで流れている。

絶対軽いという言葉で済むレベルじゃないよなぁ。

「全く、人族の見学者もいるというのにこのような醜態をさらすなんて。エルフの弓は大した事がないなどと誤解されてしまったらどうするのですか」

うわ、夜叉《やしゃ》が降臨したと表現するのが適切だろうか。

ここに入ってくる時には穏やかな母性を感じたスイネさんだったが、今は冷たい空気をまとった復讐に走る夜叉だと錯覚《さっかく》させるだけの迫力がある。

子供達もその変化を感じ取っているようで、先ほどまでの応援の声は完全に止まってしまっている。

「スイネも本気になったわね……それは別に構わないのだけれど、見ている子供達を怯《おび》えさせるのはやめてほしかったなぁ……」

ぽつりとルイ師匠がつぶやいた言葉を耳が拾った。おそらくここにいる子供達の半分ぐらいは、今のスイネさんの姿を見て悪夢を見るかもしれない。

で、また震えが止まっていないルイ師匠に負けたエルフの皆さんは、ほぼ十割に近い確率でスイネさん関係の悪夢を見そうだ。まあ、諦めてもらう他ない。自分には何もできないわけだし。

「では、始めましょうか」

「ええ、いつでもどうぞ」

スイネさんに、ルイ師匠が軽く挑発するような声をかける。

その刹那《せつな》、いつ弓に矢を番えたのか分からないスイネさんのファーストアタックが、ルイ師匠に向かって飛んだ。だが、ルイ師匠はその飛んできた矢を難なく手で掴み取った。

「私の矢を⁉」

「ふふん、エルフの街に帰ってくるたびにすさまじく成長している愛弟子に負けないよう修業を積んできた今の私には、この程度の矢はなんの脅威《きょうい》にもならないわよ？　まだどこかで、私の事を舐めてない？」

ルイ師匠は手に掴んだ矢を投げ捨てて捨てると同時に、猛然《もうぜん》と前にダッシュした。

もちろんその間にもスイネさんが放つ矢が無数にルイ師匠に降り注ぐが——当たらない。避けて、弾いて、掴んで、その全てを無力化している。

「いったいどんな修練を積んできたのよ⁉」

「あなたが口にする地獄の訓練が、鼻で笑えるくらいの必死な修練よ！」

ついに格闘の間合いにまで詰め寄ったルイ師匠が、スイネさんにミドルキックを放った。速い。あれは間違いなく手加減抜きの一撃だ。スイネさんはそのミドルキックを横に軽く飛んで範囲外に逃れた——が、表情が凍《こお》っている。明らかに焦っているな。

「なんて速い蹴り……なるほど、あそこの面々が一方的に負けるわけね」

「あなたもその一人に入るわよ、わずかでも油断したらね！」

さらにルイ師匠のパンチが次々とスイネさんに飛ぶ。だが、スイネさんは全てを回避し、反撃の矢を放っている。

まあ、その反撃の矢もルイ師匠はことごとく叩き落したり、はね飛ばしたりして無力化しているんだけど。

「スゲ……」

「ルイの奴、どうしてあそこまで強くなれたんだ。一切弓を使っていないのに、あそこまでスイネさんを追いつめている」

「俺達と戦ってた時は半分以上遊んでたって事かよ……」

「本気を出されていたら、今の私じゃあっという間に負けてるわね」

二人の戦いを見ている大人のエルフの皆さんが次々とそんな言葉を口にした。

弓をあまり使えないルイ師匠を無意識のうちに下に見ていたのかもしれない。その考えが今、目の前で根底から覆《くつがえ》されているのだろう。

頭を抱える者や信じられない、いや信じたくないといった感じの表情を浮かべる者など、反応は様々だった。そんな彼ら彼女らをよそに、ルイ師匠とスイネさんの戦いはますます激しくなっていた。もはやこれは模擬戦ではなく、ガッチガチの殺し合いになりつつある。

「さすがスイネね、ここまでギアを上げてもクリーンヒットさせてくれないなんて！」

「不意を打たれて近距離で戦う事になった時の訓練は長い年月をかけて修練してきたもの、安く見ないでもらいたいわ！」

ちょくちょく言葉を交わしているが、それ以外の時は両者ともに直撃したらやばいと誰でも分かるレベルの攻撃を放ち合っている。

これ、もう止めた方が良いんじゃないのか？　ルイ師匠はもはや人体の急所しか狙っておらず、スイネさんも目や眉間《みけん》、心臓といった場所ばかりに攻撃を加えている。

このままでは、どちらかが死ぬまで止まりそうにない。

（もういいだろう。互いの実力は分かったはずだし、極めていけばここまでの高みに登れるのだと周囲にも証明できた。これ以上続けさせたら、遺恨《いこん》が残る結末を迎えかねない）

自分は静かに二人が戦っている場に近寄っていく。そしてタイミングを見計らって戦っている二人の間に飛び出した。

ルイ師匠の蹴りを自分の蹴りで相殺し、スイネさんの矢の攻撃は盾で弾いた。

「両者そこまで！　もはやこれは模擬戦の域ではない。相手を殺すつもりか!?」

自分の大声で、ハッとなった両者はしばしにらみ合ったあとにゆっくりと離れた。

それからほぼ同時に二人とも膝をついて大きく息を吐き出した。落ち着こうとしているんだろう。

数分後、これまたほぼ同時に二人とも立ち上がった。

「アース君、止めてくれてありがとね。危うく同胞《どうほう》での殺し合いになるところだったわ」

「感謝します、互いに止めるべきタイミングを失っていました……あなたが身を挺《てい》して止めてくださらなかったら、取り返しがつかない事になったでしょう」

先ほどまでの殺気は両者ともに霧散している。もう大丈夫だろうと内心でほっと胸を撫で下ろす。

「それにしても、あの戦いの間に入って止めるその胆力《たんりょく》はなかなかのものです。名のあるお方でしょうか？」

「彼は私の愛弟子よ。そして私がここまで強くなれた理由」

スイネさんの問いかけに、ルイ師匠がそう答えた。

おかげでスイネさんの顔に面白そうだという表情が浮かんできちゃったじゃないか。

こりゃ逃がしてもらえそうにないな……

13

結局、自分もスイネさんと模擬戦をする羽目に……まあいい、少しでも猛者と戦って経験を積むのは良い事だと考えよう。

それに、ここで自分が模擬戦をする事で、ルイ師匠の孤独を解消するきっかけを作れるかもしれない。ルイ師匠のもとで蹴りを習うエルフの子が、一人でも二人でも現れてくれれば、ルイ師匠にとって素晴らしい事だ。

だからエルフの子供達の興味を引くためにも、この模擬戦にメリットはある。

「では、ちょっと準備をします」

「ええ、どうぞ。どのような戦いをするのか非常に楽しみです」

内心で気合を入れながら模擬戦用の弓と矢、スネークソードを借り受けてくる。

模造刀の中にスネークソードがあって助かった。自分のスキル構成じゃ普通の剣は使えないからね。一般的には逆なんだろうが。

「その剣を使うのですか。これは楽しみです」

模造スネークソードの使い勝手を確認していると、スイネさんがそう言った。彼女の期待を超えられるかなぁ……先ほどまでのルイ師匠とのぶつかり合いを見ているから、自信があんまりないよ。

でも、この場にいる他のエルフの皆さんや子供達まで見ている以上、泣き言は言えない。

それに子供達の興味を引くと決めたのだから、印象的な戦いをしなければ。

「大体感覚は掴めました。そろそろ行けます」

「では、始めましょうか」

念のため、蹴りを強化する目的で靴につけている武具は外している。これは模擬戦だし、あれをつけっぱなしで戦ったら殺し合いになってしまうからね。

左手に弓を、右手にスネークソードを持つ普段のスタイルで構える。さて、行きますか。

「両者、心の準備はいいわね？　始め！」

ルイ師匠の宣言の直後に、スイネさんから複数の矢が次々と自分に降り注ぐ。

これを自分は回避、スネークソードや弓で打ち払って対処する。もちろん合間合間にスネークソードを一旦手放して反撃の矢をスイネさんに放っている。

でも、このまま遠距離戦を続けるだけでは面白くもなんともないだろう。

ルイ師匠よりはゆっくりだが、自分も距離を詰める。

距離を詰めた事でスイネさんが警戒レベルを上げたようで、矢を放つ速度を上げてきた。でも、まだ対処可能域だ。矢を撃ち返しながらも距離をさらに詰め、スネークソードの間合いに入った直後に突きを放つ。

これはスイネさんに回避されるが、彼女は咄嗟に回避した影響なのか体勢をちょっと崩した。

そこに自分はスネークソードでさらなる連撃を仕掛ける。スイネさんは回避したり弓を使ってそらしたりして対処しているが、防戦一方になって矢を放てなくなっている。

そうなれば当然、自分はさらに距離を詰めて、スネークソードのソードモードで届く距離まで近づいた。袈裟《けさぎ》斬りの動きでスイネさんを牽制《けんせい》したあとに、ローキックを仕掛ける。

「くっ!?」

スイネさんはこのローキックを軽く後ろに跳躍して避けた。避けただけではなく空中から反撃の矢を自分に放ってきた。こちらは回避するのは難しいので、スネークソードと弓で叩き落とす。

今のローは当たると思ったんだけどな。なんて反応速度と回避速度だ。さすがはエルフの強者か。

スネークソードによる、様々な方向からの攻撃に対処するのは厳しいとスイネさんは判断したようで、さらに距離を広げながら矢をバカスカ放ってくる。

ちょっと、ルイ師匠とやっていた時より弾幕が厚くないですか⁉

さすがにこちらも後ろに飛びのきつつ処理せざるを得ない状態なので、素直に対処に努める。

なんとか弾幕の直撃は避けたが、距離を大きく空けられてしまった。

「なるほど、そのスネークソードの攻撃と蹴りが組み合わさった攻撃は、ルイの近接戦闘よりもある意味厄介ですね。いいえ、タチが悪いとはっきり言っておく方が良いでしょう。攻撃が読みづらいにもほどがある……ルイが必死で腕を磨くわけです。その剣の相手は、骨が折れそうですから」

普通の剣ではできない特殊な軌道《きどう》を走って相手を攻撃できるのが、スネークソードの存在意義だ。

まさに蛇《へび》が絡みつくように相手へ襲いかかる攻撃は、確かにやりづらいだろう。

もちろん、そういう攻撃ができるように修練を積む必要があるのだが……自分は序盤から今まで長く使ってきたからこそ、そういった攻撃ができるようになったわけで。

「一朝一夕《いっちょういっせき》では扱えない武器ですからね。始めは鞭《むち》からスタートして、ある程度の修練を経てやっと使えるようになってくるわけですから。修練にかかる時間は、それなりに長いですよ？」

向こうが手を止めて話しかけてきたのでこちらも付き合う。

まあ、実際はそれなりじゃきかないけど。様々なところに旅をして、いろんな相手と戦って経験を積んで、試行錯誤《しこうさくご》してきたから今がある。最初っからこんな風に動けたわけじゃない。

そうしてたどり着いた自分のバトルスタイルはかなり異端な形だろう。

遠距離は弓で、近距離は蹴りで対処するというスタイルはいくつものゲームで存在している。

だが、そこに鞭やスネークソードといった変わった武器を混ぜる事はまずない。

特殊になりすぎるから、扱うプレイヤーにとっても設計する製作者にとっても面倒になる。

自分は慣れちゃったから戦えるけどね。

「――悔しいと感じるところはありますが、やはり認めるべきなのでしょう。弓を第一に据えるという点は変えなくとも、格闘や、その剣のような有用な武器の扱いは今後学ぶべきだという事を。ですから、もう少しその剣を相手にした時の戦いを学ばせていただきますよ」

その言葉とともに、模擬戦が再開する。

スイネさんが放つ矢の勢いはますます増し、自分の攻撃も激しさを増す。それでも突きはあまり繰り出さないようにしたが……かなり避けにくいはずなんだよね、スネークソードの伸びを活かした一瞬で強襲してくる突きって。

そればっかり使うと、スネークソードの強みをあまり理解してもらえないと思ったのだ。

時には強襲、時には不意打ちのような攻撃を繰り出せる事がスネークソードの強味。そこに蹴りを交えたコンビネーションもいくつかお披露目《ひろめ》した。

周囲で見ている人達にも有用性が伝わるように分かりやすく、ややゆっくりめの動きで。さらにタイミングが合った時は、飛んでくる矢をスネークソードを絡ませて掴むように止めて無力化するなどの動きも披露した。こういう動きを見せると、子供達から歓声が沸く。

「剣が矢を掴んだ⁉」

「あんなグネグネと曲がりながら四方八方から攻撃できるって怖い」

「自分は使ってみたくなった！　すごく面白そう！」

子供達にはいい刺激になったと思いたい。弓が一番、というエルフの皆さんの考えを否定する気は欠片もないが、それ以外に使える手段を一つ二つ持っていると、いざという時の生還率には差が出る。なので、今後はそういったサブの手段を持ってもらえると良いかなと思う次第だ。

もちろんそれは今までの伝統を崩す事になるから急にやるのは無理だろうけど、子供達ならまずは遊び半分でゆっくりと進んでいってくれれば……多分いつかは今までの伝統と折り合いをつける形で、新しい伝統が生まれるきっかけになると思う。

そのきっかけが生まれてくれれば、自分が消えたあともルイ師匠が孤独に苦しむ事はなくなるはずなんだ……いや、必ずそうなってほしいから、今こうやって弓も蹴りもスネークソードも使う模擬戦をやっているんじゃないか。

そして、自分とスイネさんがお互い激しくぶつかり合った模擬戦は終わった。

双方そこそこに疲れたところで、ルイ師匠からそこまで！　の言葉が飛んだからだ。お互いゆっくりと武器を下ろしたあとに握手を交わす。

スイネさん相手にやれる事はやった。あとはルイ師匠と自分がここでまいた種が、ほんの少しでもいいから芽吹いてくれればいいなと願う。

「良い戦いができました。私ももっと成長できると感じられました。ルイといいあなたといい、面白い使い手は近くにも遠くにもいるものですね」

「私もいい経験を積ませていただきました。ありがとうございました」

観戦していた周囲の人達から拍手が巻き起こった。見渡すと、模擬戦を始めた時よりも人が多い。いつ頃から人が増えていたのかはちょっと分からないが、これは良い事だ。

一人でも多くの人に見てもらった方が、自分の狙い的には都合がいいのだから。

「人族もやるもんだな、鋭い蹴りだった」

「使っている武器はなかなか特殊だが……ふむ、面白い戦いだった」

「スイネ相手にあそこまでやれてるんだ、使えねえって事だけはねえだろ」

「大剣はちょっと持ちにくいけど、あの剣なら私でも使えそうね。うーん、挑戦してみようかしら？」

うん、掴みはなかなかいいようだ。この流れが続いてくれるかどうかは——自分には見届ける事ができない。でも、きっと続いてくれると祈る。

お世話になったルイ師匠が、何人もの子供達と一緒に修練に励み、笑顔でいられる未来を迎える。そのための一手はきっと打てたはずだ。

何せ、模擬戦が終わってから、自分のところにはエルフの皆さんからあれこれ質問がひっきりなしなんだから。大人も子供も関係なくね……なお、ルイ師匠の方にも質問をしている人が大勢いる。

そんな彼らに、ルイ師匠は嬉しそうな表情を浮かべて答えている。

うん、これがルイ師匠のこれからの日常になってくれればいいな。

14

質問攻めも終わって解放……とはならず。

ルイ師匠とスイネさんに引っ張られる形で、エルフの街にある料理店に入る。その店はリアルで言うなら居酒屋と表現するのが一番しっくりくるだろう。

おなじみの焼き鳥も各種出ているし、お酒も様々……これ絶対プレイヤーが持ち込んだだろ。自分もチェスとかを持ち込んでいるから、文句は言えないんだが。

この店は個室がいくつもあるようで、自分、ルイ師匠、スイネさんは個室に入った。テーブルを間に挟んで二人ずつ座れる長椅子があり、ルイ師匠とスイネさんが同じ長椅子に。自分は対面する形で反対側の長椅子に腰を下ろして、注文を済ませる。

すぐに焼き鳥をはじめとした各種料理が届き、軽く乾杯してから食べ始める。

「それにしても、ルイとあそこまで本気でやりあったのはいつぶりだったかしら？」

「さあ？　多分二百年以上前だと思うわよ？　まだ師匠が生きていた時にやったのが最後だったはずだから。弓の才能があまりにもなかった私が自棄《やけ》になりかけていたところを師匠に拾われて、鍛えられて、修練を嫌ってほどやらされたあとにぶつけられたはずだから――うん、やっぱり二百年以上前なのは確実ね」

お酒と焼き鳥、漬物っぽい野菜を食べながら、ルイ師匠とスイネさんが昔話を始めた。

なんでこの場に自分が連れてこられたのかがまだ分からんのだが、今は様子を見よう。幸い焼き鳥も美味しいし、こちらの世界なら下戸《げこ》な自分でもお酒をのんびりと楽しめるから苦痛はない。

「そっか、あの時からかぁ……長く時間が空いたわね。あの当時は私がかなり優位な形で明確に勝てたんだけど……今日は、もし審判がいる試合だったら私の負けでしょうね。離れたところから始めるというこちらが優位な条件で戦ったのに、五分五分に持ち込まれて……いえ、五分ではないわね。私の方が四、だったでしょう」

スイネさんはどこか遠くを見るような目で、先ほどのルイ師匠との模擬戦を振り返り、自分の負けを認めているようだ。

「こっちとしては、あの場にスイネが現れた事自体が驚きだったけどね。そもそも今日の事の発端《ほったん》は、子供達の『本当に弓での戦い方だけ覚えていればいいの？』という言葉だったもんねぇ……で、大人達は当然それでいいって言うでしょ？　エルフは確かに弓の才能に秀でている事が多いからねえ」

ルイ師匠の言葉で、噂の出どころは子供達の素朴《そぼく》な疑問だったと知れた。

まあ、予想通りだったな。

「でも子供達は納得しなかったんでしょうね。疑問を持った原因が、私とアース君との組手だったわけなんだけどさ……やっぱり最後だから力がすごく入っちゃって、かなり激しいものになってたのよ。で、それを子供達が見ていた。だからこそ、弓だけでいいと言う親達の言葉に納得できなかった。翌日起きたら、子供連れが何人も『申し訳ないが、一つ手合わせしてほしい』なんて言ってくるんだから、最初は何が起きたのと思ったわよ」

そりゃ、ルイ師匠は何が起きたんだと思うでしょうな。

普段は全然絡まなかった人達が突然模擬戦の申し込みにやってくるなんて、さすがに予想できないだろう。で、そのあと話を聞いて――言い方は悪いが挑んできた皆さんを全員フルボッコにしちゃったわけか。

「私のところにやってきて、息を切らしながら『訓練場まで来てほしい』と連れていかれた時はいったい何が起きたのかと私も首を傾げていたけど……話を聞くと、ルイが弓を持ったエルフを圧倒していると言うじゃない。そして戦ってみて……あなたはすさまじい力を身につけたと、これ以上ないほどに思い知らされた」

なんて言葉を吐きながら、スイネさんが自分を見る。なんでしょ？

「だって、師匠として弟子には負けられないじゃない。でも、旅立って戻ってくるたび、アース君はグンと強くなってくるからね。そんな弟子の壁であり続ける師匠という立場を崩さないためにも、スイネがやってる地獄の訓練が鼻で笑えるぐらいの訓練を自分に課してたってわけ。スイネ、アース君の師匠の中には龍人もいるのよ？　そんな他の師匠と比べられる恐怖があなたに分かる？」

そう言って、ルイ師匠も自分を見てくる。うん、あっという間に居心地が悪くなったんですが。

自分としては師匠達を比べるような無礼な真似をするつもりはなかったんだけど、ルイ師匠がどう捉えるのかはまた別の話だからなぁ。

「龍人の師匠……ルイ、うん、それは確かに怖いわね。模擬戦をやったとして――弓だけで戦うなら負ける気はしないけど、あらゆる手段を用いられたらかなり辛い戦いになるでしょうし。それに彼、まだまだ切り札を隠してそうなのよ。正直、さっきの模擬戦でも寒気を感じるタイミングがいくつもあったし……ね？」

まあ、本気で殺り合うとなったら蹴りや弓、スネークソードに加えて道具とか変身とかも入ってくるからね。真っ向勝負も可能だけど、不意打ちも自分はそれなりにできる。

そう考えれば、先ほどの模擬戦はかなり縛っている状態でやってるんだよなー。でもそれを素直に認めはしませんが。

「さすがにそれは買いかぶりすぎですよ。それに旅をして強くなって帰ってこなきゃ、師匠に何をやっていたんだと愛想《あいそ》を尽かされる恐怖もあるんですよ？　だから強くなれるきっかけを掴んだ時には必死でやってきた、それだけなんです」

これは事実だ。ルイ師匠だけじゃなく、雨龍師匠や砂龍師匠に対してもこの点だけは同じ。

強くなってないって事は、師匠からの教えを活かせていないって事になっちゃうからね。

そうなった時に師匠がガッカリした表情を浮かべるのを、自分は見たくない。

「その結果、それだけの力を身につけた……ふふ、明日からの修練は、私も今まで以上に私を追い込まなければなりませんね。地獄の訓練ではなく、地獄の底を見る訓練としましょうか。これから先、どんな困難が待ち構えているか分かりません。ええ、特にここ最近は過去と比べものにならないほどの困難や問題が多くありました。再びそういった問題が私達の前に立ち塞《ふさ》がった時に、打開する力が私達の中にないという、悲惨な事態を迎えないようにするためにも」

ここ最近とスイネさんは口にしたが、エルフの時間の感覚と人間との時間の感覚は一緒ではないだろう。だからここ最近という言葉は、妖精国との戦争をはじめとした今までの大きな問題を全て内包していると見ていい。

「そうね、そんな事態に陥る事だけは避けなくちゃね。そうなったら、エルフという種族は地上から消えてしまうでしょうし……うん、もし子供達がこれから体術を習いたいと言ってきた時は、ちゃんと鍛えてあげましょう。体術を鍛える事は体そのものを鍛える事にも繋がるし、そうなれば弓の扱いも伸びる可能性はあるからね」

ルイ師匠がお酒に酔ってほんのりと桜色に染まった顔をこちらに見せながら、そう口にした。

「もしそうなったら、ルイ師匠も忙しくなりそうですね」

「そうね、でも受け継いだ技を次代に受け継いでいけるのならば、忙しいぐらいなんの問題もないわ。むしろ、それは喜び。やる気が出るというものよ」

話を振れば、すぐにそんな返事がある。

そうだな、一人ぼっちで己を磨き続けるのもいいけど、これからもエルフ流の蹴り技は途絶えずに受け継がれていってほしい。

それは、一年とちょっとしか時間が残されていない自分にはできない事なのだから。

「私もルイに蹴り技を習うつもりよ。今日の模擬戦で、弓一辺倒でやってきた今までの伝統では生き残れない可能性と、蹴りや突きが使える事で生き残れる可能性の両方を嫌ってほど見せられたわ。ならば素直にその事実を受け入れて、それをどう明日から活かしていくのか考える事は私の大事な義務の一つ。将来のエルフのために、まずは私から動く。だからルイ、明日からの訓練にある程度でいいから付き合ってちょうだい」

スイネさんの誘いに、ルイ師匠は「へえ、現時点でエルフ最強のあなたが、今までのエルフの伝統にケンカを売るのね？」と返し、スイネさんは「事実を受け入れず、伝統をただ何も考えずに盲《もう》信《しん》するのは愚《おろ》かでしょう？　訓練場で思い知らされた皆も、今までの考えを改めたと思うわ」と答えていた。そして、スイネさんは再び自分を見る。

「それともう一つ、スネークソードと言ったかしら？　その剣の扱いを短い期間でもいいから教えてもらいたいの。なのであなたに時間を取ってもらいたいと考えているのだけれど……可能かしら？」

おっと、スイネさんからそんな話を振られてしまった。

えーっと、あと挨拶したいのはエルフの街の聖樹様とダークエルフの街にいるゼイ、ザウ、ライナにメイドの館の主人。それから闇様に龍の国の龍稀様をはじめとした面子に、龍神様と黄龍様、人魚とサハギン族の皆さん。最後に妖精国のフェアリークィーンとゼタンの周囲の人々だから……うん、数日だけならなんとかなるかな。

「短い時間になりますが、入りとある程度の技ぐらいなら……」

そういう事で、自分もちょっとだけスネークソードの扱いをエルフの方々に教える事になった。まあいいか、質問の中にはスネークソードの扱いをもっと知りたいというのがかなりあったからな。そんな彼らの希望にも沿える。さて、明日も頑張りましょうか。

15

それから自分はリアルで数日ほど、エルフの街で希望者にスネークソードの扱い方と模擬戦を行う日々を送った。もちろん最初は鞭から入ってもらい、鞭の扱いに多少知識を得たあとにスネークソードに移行してもらった。

一方でスイネさんから特訓を受けさせられている戦士の皆さんは、毎日ぶっ倒れて動けなくなるまでしごかれていた。しかし同じ訓練を受けているルイ師匠はケロッとしており、他のエルフ達から化け物を見るような視線を向けられていたが……

　そんな日々を送っているうちに、体術やスネークソードの扱いに慣れてくるエルフが増えてきたところで今回の合同訓練は終わった。

「訓練の成果は確実に出ていますね。エルフの未来のためです、修練を欠かさぬように」

　そんなスイネさんの言葉で終わったわけだが、やっと終わったー！　という解放感にあふれたエルフはおらず、ただ今は帰って飯食って寝たいという雰囲気を漂わせながら各々の家に帰っていった。その後ろ姿は一仕事終えて朝日が昇る中、よろよろと帰途に就《つ》く企業戦士の背中を想起させた。

「今後も今回のような合同訓練を頻繁《ひんぱん》に行います。ルイには申し訳ないけど、これからも協力をお願いします」

「良いわよ、私もエルフの一員だからね。街を護るために協力を惜しむつもりはないよ」

　そして、今回教える側だったスイネさん、ルイ師匠、自分はルイ師匠の家まで一緒に移動して一息ついていた。

「スネークソードの扱いもできる限り教えておきました。あとは、各自の努力次第ですね……お二人には言うまでもありませんが、どんな武器も戦い方も修練を重ねなければ使いものになりませんので」

　少ない時間だったが、それでもなんとか基本的なところは教えられたと思う。

教えたエルフの中にはスネークソードの初期アーツを発動させられるようになった面子も多少だが出てきた。

あとは森で戦いながら覚えるなり、組手を積極的にやって腕を磨くなりすれば問題ないだろう。

「アースさんにも感謝を。お忙しい中、スネークソードの扱いを多くのエルフに伝えてくれた事、忘れないわ。本来なら、なんらかの対価を渡したいのだけど……軽く見ただけでも、身につけている装備は私が用意できるものより遥かに上……多少の金銭のみという事になってしまうわね。申し訳ないわ」

そう言って、スイネさんは七万グローほどを手渡してきた。

お金が目的だったわけじゃないんだけど、変に断るとスイネさんがかえって気にしそうなんだよね。なのでここは受け取っておく事にした。

「確かにいただきました。では、私はそろそろこの街を出ようと思います。まだ最後の挨拶をしたい友が各国にいますから」

今日、このあとはダークエルフの街に行く予定だ。その前にエルフの聖樹様にも最後の挨拶をしていくけどね。

そしてダークエルフの街で挨拶を終えて戻ってきたら、長く案内役をしてくれたキーン族のとらちゃんともお別れとなる。

寂しいけど、お別れこそきちんとやっておかないといけない事だから。

「元気でね。あの塔のてっぺんに到着できるって信じてるよ」

「本音を言えばずっとエルフの街に留まって教官になってほしいぐらいだけど……あなたの行く道の先に、希望と輝かしい明日がありますように。祈っているわ」

ルイ師匠、スイネさんの言葉に頷いて、自分はルイ師匠の家をあとにした。

ルイ師匠が孤独に苦しむ事はもうない。心おきなくこの街を出られる。

さ、あとはエルフの聖樹様に最後の挨拶をしに行こう。人があんまり並んでいないと良いのだけど。


その願いが通じたのかどうかは知らないが、この日はあまり人は並んでおらず、すんなりと聖樹様のもとまで行く事ができた。

自分が聖樹様の前まで行くと、こちらが口を開く前に聖樹様の方から自分に語りかけてきた。

『いよいよ、ここに二度と戻らぬ旅に出るようだな。今まで様々な形でお前はエルフのために力を貸してくれた。心より感謝する。だが、そんな言葉だけの感謝では、お前の貢献の大きさに対してあまりにも軽すぎる。よって、今からお前に私の祝福を与えよう。微々たる力だが、きっとお前の前に立ちはだかる壁を破る力になると信じている』

すでに聖樹様は、自分がやってきた理由を知っていたようだ。

そして先の聖樹様が発した言葉とともに、無数の葉が自分の周囲に漂い始めた。

やがてその葉は自分に吸いついたかと思うと、一瞬でパッと散って消えた。

『今から――風の力が、お前の道を開いてくれるだろう。風が、お前の背を押すだろう。風が、お前を守るだろう。この祝福をもって、私からの感謝の形としたい』

インフォメーションウィンドウが端っこに浮かび上がった。早速確認してみると――

INFO

「聖樹の祝福（エルフ）」

この祝福を持つ者は、風を味方につける。風の力は高まり、向かい風は追い風に変わり、飛び道具は風に邪魔される事はなくなり、敵には風の邪魔が入りやすくなる。

ただし、この加護はエルフに仇《あだ》なす行為をすればすぐさま消え失《う》せる。


いやいや、これはかなり強いんじゃないか？　風の力ってのは魔法だけじゃなく、風に関係した弓の技全般に影響するんだろうし。

さらに自分には優位な、相手にとっては不利な効果もつくようだし、微々たる力とは言えないと思うけど……

まあ、そこをあれこれ口に出して言う必要はないよな。

素直に感謝すればいい。

「ありがとうございます、聖樹様。あの塔の先にあるものがなんなのかは、現時点では予想がつきませんが……あの塔に入っても、いただいた加護を汚すような真似だけはしないと誓います」

自分がそう口にしてから頭を下げると、満足したような温かな雰囲気が聖樹様から伝わってくる。

『うむ、私もお前がそんな事をするような人物ではないと信じている。だからこそ加護を授けた。この加護が、お前を待つ困難を切り開く力の一つになってくれる事を願って与えた。さあ、行くがよい。お前の行く先に、お前が望んだものがある事を、私はここから祈っているぞ』

自分はもう一度聖樹様に頭を下げてから立ち去った。

ただ、途中でいろんなエルフから、

「今の人族、聖樹様から加護を賜《たまわ》っていなかったか？」

「あの現象は、加護を与えられた時の――」

「だが聖樹様なら無意味な事をするはずがない」などとひそひそ会話が交わされているのを、耳が拾ってきてしまった。

（エルフ以外で聖樹様から加護を受けるというのは珍しいんだろうなぁ。ならば多少噂になってしまうのも仕方がない……自分だって最後に挨拶する事が目的だったわけで、その場で加護がもらえるなんて完全に予想外だった）

じっとりとフードの奥で汗を浮かべながらもこの場をあとにして、エルフの森近くのとらちゃんがいる施設へ足を向ける。

さあ、最後となるダークエルフの街への訪問と行こうか。

STATUS

【スキル一覧】
〈風迅狩弓〉Lv50（The Limit!）〈砕蹴（エルフ流・限定師範代候補）〉Lv46
〈精密な指〉Lv71（↑2UP）〈小盾〉Lv44〈双龍蛇剣武術身体能力強化〉Lv5（↑3UP）
〈魔剣の残滓・明鏡止水の境地〉Lv20（↑1UP）〈百里眼〉Lv48〈隠蔽・改〉Lv7
〈義賊頭〉Lv90〈妖精招来〉Lv22（強制習得・昇格・控えスキルへの移動不可能）
追加能力スキル
〈黄龍変身・覚醒〉Lv??（使用不可）〈偶像の魔王〉Lv9

控えスキル
〈木工の経験者〉Lv14〈釣り〉（LOST!）〈人魚泳法〉Lv10
〈ドワーフ流鍛冶屋・史伝〉Lv99（TheLimit!）〈薬剤の経験者〉Lv43〈医食同源料理人〉Lv25
ExP48
称号：妖精女王の意見者　一人で強者を討伐した者　ドラゴンと龍に関わった者
妖精に祝福を受けた者　ドラゴンを調理した者　雲獣セラピスト　災いを砕きに行く者
託された者　龍の盟友　ドラゴンスレイヤー（胃袋限定）　義賊　人魚を釣った人
妖精国の隠れアイドル　悲しみの激情を知る者　メイドのご主人様（仮）　呪具の恋人

魔王の代理人　人族半分辞めました　闇の盟友　魔王領の知られざる救世主　無謀者
魔王の真実を知る魔王外の存在　天を穿つ者　魔王領名誉貴族
氷の祝福　聖樹の祝福（エルフ）（NEW!）
プレイヤーからの二つ名：妖精王候補（妬）　戦場の料理人
獣の介錯を苦しませずに務めた者
強化を行ったアーツ：《ソニックハウンドアローLv5》
状態異常：［最大HP低下］［最大MP大幅低下］［黄龍封印］

16

とらちゃんのナビゲーションによって、エルフの森に入ってから戦闘が起きる事は一度もなかった。おそらく今までの中で最も早くダークエルフの街に着いたのではないだろうか？

ダークエルフの街はいつも通り賑《にぎ》やかで、メイドさんもちらほら見かける。

とりあえず、豪邸の主《あるじ》に挨拶に行こうか――と思っていた矢先、自分を呼ぶ声が聞こえた。

「アース様、お待ちしておりました。案内をさせていただきます」

声をかけてきたのは、かつてダークエルフの谷で一緒に戦った事があるメイドさんの一人、サーナだった。

さて、自分が顔を知っているサーナのような案内役がいるって事は、自分がここに来た理由は分かっているのかもしれない。闇様とかがそこら辺の事情をすぐに察してくれるからね。

「皆様が、アース様と過ごせる最後のひと時のために集まっていらっしゃいます。どうかこちらへ」

サーナのあとについていくと、やっぱりと言うかなんというか……案内された場所は闇様のお供えなどをあげる例のお社《やしろ》だった。

中に入るとそこにはゼイ、ザウ、ライナ、エルフの長《おさ》の娘さんであるトイさん、最後に豪邸の館の主とメイドのシーニャとスーがいた。

「来たかアース、会えるのがこれで最後になるって闇様が教えてくれてな。最後にこの場で宴会《えんかい》をやろうって話になった。今日だけでいいから、付き合ってくれ！」

ゼイの言う通り、通された部屋の中にはたくさんの食べ物やお酒が並んでいる。

ならば、遠慮せずにいただく事にしよう。自分も腰を下ろして落ち着くと、アクアをそっと頭から下ろす。アクアにもたらふく食ってもらう。

「分かった、なら今日はごちそうになるよ。遠慮なくいただく」

「ああ、そうしてくれ。お前を送り出すための宴《うたげ》だ、遠慮などしたら逆に怒るからな」

ザウがそう返答する。ならば早速いただく事としよう。


ある程度料理をつまみ、酒が入り、宴が進んだところでライナが話を振ってきた。

「あの塔、正直に言えば私も登ってみたいのよね。何が待っているのか見てみたいわ」

「おう、ライナの気持ちは分かる。俺だって愛刀を担いで挑んでみたいからな！　もちろんあいつも一緒にだが」

「私は中に入った者の話を聞いてみたいといったところか。出入りが自由なら、うちのメイド達にも挑ませたんだが」

「私の弓が通じるのか、確かめてみたかった――」

ライナの言葉に、ゼイ、ザウ、豪邸の主、トイさんが次々に自分の考えを口にした。

ふうむ、結構挑んでみたいって意見はあるものなんだな。

「もしかしたら、自分達が立ち去ったあとであの塔の主が許可を出してくれるかもしれませんよ？」

自分がそう口にすると、挑みたがっている面子はそうなると良いなぁ、みたいな顔をする。

メイドのサーナ、シーニャ、スーは主が行けと言うのであれば、というスタンスを崩さない。

「まあ今回はアースに頑張ってもらう他ねえんだがな。ぜひ最上階まで登りつめてほしいぜ」

「私は信じているがね、やってくれると。いくつもの困難を乗り越えてきた我々の友だ、今回もやり切ってくれるだろう」

「そうね、私はザウ兄さんと同じ意見だわ」

ゼイの言葉にザウが乗っかり、最後にライナがそう締める。

成し遂げてくれる事をこうも信用されているのは、結構プレッシャーを感じるな。

でも、それに応えたくなる気持ちの方が大きい。

「その言葉を後悔させないためにも、最上階までたどり着けるように最大限の努力をすると誓っておくよ。やり切って、さすが俺達の友人だと思ってもらうためにも」

「ああ、信じてるぜ。お前ならできるさ！」

ゼイがすかさずそう言ってきた。

ああ、こう言ってくれる友をがっかりさせたくはないな。頑張らねば。

「欲を言えば、もう少しアースと旅と話をしてみたかった。私は自分の都合もあって、ライナよりも絡めなかったのがざんねんねん」

一方でトイさんからはそんな言葉が漏れた。そう言われればそうだなぁ。

トイさんとライナの二人を比べると、圧倒的にライナの方が関わる機会が多かった。タイミングが合わなかったと言ってしまえばそれだけの事なんだろうが、もうちょっと話せればよかったかな？　とも思ってしまう。

「トイはいろいろ仕事があったもんね……それが原因でアース君とはすれ違いばっかりだったわねぇ。今にして思えば奇妙なほどアース君の行動と離れた動きをしていたわ」

「父様も狙ったわけではないと思う。本当に偶然に偶然が重なってしまった結果」

トイさんはライナにそう返答した。

ふーむ、こればっかりはどうしようもなかったわけか。こちらはこちらで結構あれこれやってたから、あちこち歩き回ってたもんなぁ。特に有翼人関連で。

「でも闇様の計らいで、最後の挨拶ができる事にはとても感謝してる。闇様は太っ腹」

「ははは、まあ闇様はおおらかなお方だ。愚かな真似をしなければ、種族を問わずあれこれと取り計らってくださる。私も、闇様には様々な恩がある。毎日感謝しているぞ」

トイさんが闇様への感謝を述べると、豪邸の主もそれに続いた。

確かに、闇様はそういうところがあるよな。

「自分も様々な形で助けられましたね。闇様には心から感謝していますよ」

「うんうん、ほんと闇様がいてくれてよかったわーって思える事は何度もあったもん。毎日しっかり感謝の気持ちを持ってないとダメよね」

　自分も闇様への感謝を述べると、酔いが回ってきたのか、ほんのり頬を赤く染めたライナが自分に続いた。ライナも、何かしらの形で闇様のお世話になった事があるようだな。

「ああ、言い忘れていたが……アース、闇様への供物は先に捧げているからな。今頃闇様も俺達の声を聞きながら捧げものを楽しんでくれているはずだぜ」

「宴会が終わったあと、闇様に感謝の言葉を捧げる事だけは忘れないようにしてもらえれば問題はない」

　闇様の話になったところで、こちらも酒が回ってきたゼイとザウからそんな言葉が出てきた。

　そっか、闇様への捧げものがすでに行われているのであればなんの問題もないな。というか、言われる前に気が付くべきだろう自分……社会人としてこういう抜けはいかん。

「まあ、闇様は私達がこうして楽しく宴をやっている声を聞ければそれでよいと言ってくださったんだけどね。さすがにそこまで甘えたくはないから、普段ためているお金をある程度使っていつもよりも豪勢な食べ物を捧げたわ」

　これはライナ。そっか、それならば大丈夫かな。

　もう自分もお酒が入っているから、この酔いがさめないと料理はできない。この酒に酔っている状態、［酩酊《めいてい》］というデバフ扱いなんだよね。

戦闘とか生産をしなければなんの問題もないのだけれど、それらをこの［酩酊］状態でやろうとすると、攻撃がろくに当たらない、生産失敗率が異様に上がるといった牙をむいてくる。

「闇様と言えば、いまだに忘れられないのが、アースが闇様への捧げものを入れる穴から出てきた事だよな！」

「あれはさすがに驚いたからな。あの場にいた皆が目を疑った」

あー、懐かしい話だなぁ。闇様から魔剣の【惑《まどい》】をもらった帰り、穴を上った先が祭壇だったんだよな……あの時は儀式をやっていた皆さんに悪い事をした。

「こちらとしても、闇様に教えてもらった出口の先が祭壇だとは思わなかったんですよ。あの時は本当に申し訳ありませんでした」

苦笑する自分を見て、いくつもの笑い声が起こる。

「今思い返すと、あの時の父様や巫女《みこ》様の呆気にとられた顔は面白かったわね」

「むう、私も見てみたかった。記録はない？」

「さすがにないわね。あったとしても父様か巫女様が隠しちゃうと思うわ」

ライナの話を聞いてトイさんが残念そうに言ったが、記録にはないらしい。

自分もＳＳは撮っていないから、あの時の記録は自分の記憶の中以外には残っていない。撮っておけばよかったかな、とも一瞬考えたが――残してあったら、それはそれで面倒事を呼び込むのが目に見えたので、なくて良かったのだと考え直した。

「その場に私はいなかったな。うむ、そんな話を聞いたらなぜその場に居合わせなかったのかと少々悔しくもあるな」

ハハハ、と笑いながら豪邸の主までそんな事を口にした。まあ、この場限りの話ならいいよね。

難しい事を考えるのはやめて、今はこの宴を、この一瞬を十分に楽しもう。

タイミングを見計らって出入りしているメイドさんが、料理もお酒もなくなるそばから追加してくれるので、皆それぞれのペースで楽しんでいる。

メイドさんは全て豪邸の館にいる方々だし、守秘義務には厳しいはずだ。ここでの話が漏れる事はないだろう。

「私達としては、やはりアース様と谷に下りて戦った時の思い出が強いですね」

サーナが言うと、シーニャとスーも頷く。

「戦い自体は館で受けた訓練もありましたから、命の危機を感じるような事はありませんでしたけどね」

「アース様が近寄ってくる魔物を全て察知していた、というのもあります」

シーニャとスーの話を聞き、あの時の記憶がよみがえってきた。

三人とも強かったし、頼りになった。ただなぁ。

「その代わり、あの時はまだダークエルフの街にメイドさんがいない時でしたからね。かなり注目を浴びてましたねぇ……」

メイドスキーの人達からは当時かなり恨みを買っていたかもしれない。

まあ、それがきっかけでメイドは需要があると豪邸の主が知って、「ワンモア」版メイド喫茶とかが生まれる事になったんだが。

「人族の男と、一部女性のメイドに対する熱量はすごいわよねぇ。ずーっと入り浸ってる人が数人、数十人じゃきかないもの」

「ああ、毎日いっつもいるなって顔はもう多すぎてな。ある意味、神を崇《あが》めるような気配すら感じるぜ」

ライナとゼイがそんな事を言っているが、否定できない。メイドさんに関する掲示板スレッドの進みはかなり早いようだし、同好の士がいっつも熱く激しく語り合っているとも聞く。

その一方で、あと一年ちょっとでこの楽園から追放される事が確定しているので、阿鼻叫喚《あびきょうかん》になっている者もいるとかなんとか。

「今では、メイド服を見ない日はなくなってしまったな。嫌いではないが、あの人族が現れる前とあとではあまりにも変化が大きすぎて困惑しているところもある」

ザウの言葉は分かる。自分がメイドさんを広めるきっかけを作ってしまったとはいえ、ここまでの事になるとはなぁ。

今日もメイド服を着たダークエルフの皆さんが街を闊歩《かっぽ》し、奉仕にいそしんでいるのだから……メイドさんが広まる前と比べたらそりゃ変化が大きすぎますわ。

「ハハハ、まあおかげで私のメイドが街のあちこちで活躍する機会を多く得られたから、こちらとしては嬉しいがね。それに、これは噂にすぎないが、ダークエルフの長老も自分専用のメイドを数人雇い入れたと聞いているが？」

豪邸の主が言うと、ゼイ、ザウ、ライナの三名がそろって苦笑していた。

その苦笑こそが、噂が真実であると言っているに等しい。

そっか、ダークエルフの長老もメイドスキーの空気に染まったのか。

「なんというか、自分の親が年を食ったのにだらしない表情を浮かべているのを見るのって結構きついんだなと……最近は思うぜ」

力のないゼイの言葉。これは、予想以上に染まっているな。いや、むしろ沼にどっぷりと浸《つ》かっているのかもしれん。そう思っていたが、ここでライナが予想外な事を口にする。

「父様だけじゃないわよ……ここだけの話だけど、母様も最近はメイドに熱を上げているのよね。今までの人とは全く違う姿とその在り方に、すっかりほれ込んじゃってるのよ」

なんという事でしょう。まさか父親だけじゃなく母親までメイドにハマっていたとは。でも、さすがにこれは自分のせいじゃないよね？　ここまで広まるとか、どうやって予想しろと言うんだ。

「あー、なんか最近母上の機嫌が良いなと思っていたが、そんな理由があったのかよ……でもまあ、いいんじゃね？　それで日々を楽しく生きられるならそれでいいと俺は思うぜ。正直、ここ最近は大変な事件がありすぎた。だから平穏な時は羽を伸ばした方が健全に生きられる」

ふうん、ゼイはそう考えるわけか。確かに大変な事件は色々あったもんなぁ。

ダークエルフとして地位のある家で予想もできない重圧と戦ってきたんだろうし、ゼイの言う羽を伸ばせる時は伸ばした方が良いってのも理のある言葉だな。

「ゼイの言う事も分かるというものだ。特に有翼人の一件は今までの世界が全て崩れてしまうとてつもない危機だった。その解決のために日々走り回っていた父上と母上の苦労はいかほどであったか。それを考えれば、今は羽を伸ばした方が良いのだろう。もっとも、ここには一人、その有翼人と直接戦って帰ってきた勇者がいるのだがな」

ザウがそう言って自分を見る。やめてくれ、勇者なんて柄《がら》じゃないんだよ、自分は。

できる事をとにかくやりとげる事しか考えていなかったんだ。

「勇者は勘弁してくれ……そもそも勇者ってのは、自分の行動で多くの人々に奮い立たせる勇気を持たせる人物の事だと自分は思っている。そんな存在にはほど遠いよ」

ファンタジーとかだと、血筋とかで決まってくる事もある勇者だけど……自分は今言ったような人物こそが、勇者であると思う。

特殊な技や魔法が使える事ではなく、伝説の剣を握れる事でもなく、肝心な時に先頭に立って困難と戦い、他の人に『あの者に続くのだ！』と思わせられるのが勇者なのだ。

「その理屈で言うなら、俺とザウとライナにとってはアースは勇者だな。お前が戦ってくれるっていう事を知っていたから、希望が持てたってのは紛《まぎ》れもない事実だ」

なんて事をゼイが口にする。先ほどまでは酒に酔って顔が緩んで赤かったはずなのに、今のゼイの顔は完全に真剣そのものだ。

「不安で眠れぬ日々を過ごした。そして民に漏らす事ができない苦しみも、父上や母上ほどではないが味わった。だが、それでも信が置けるアースがあれこれやってなんとかしようとしていると知っていたからこそ、ゼイの言う通り絶望に圧《お》し潰されずに済んでいた。俺達にとっては、ドラゴンよりも魔族の軍隊よりも、お前の存在こそが心の支えだったのだ」

ザウも、先ほどまでとは一転して真面目な顔でそう自分に伝えてきた。

そうか、うん、それならそれでいい。自分が自覚していようがなかろうが、行動で誰かの支えになれていたというのであれば悪い話じゃない。結果良ければ全て良しである。

「こうして美味い酒を飲み、美味い飯が食えるのもアースをはじめとした勇者達がいたからだな。彼らがいなければ、今頃地上はただの地獄となっていただろう。その脅威も消えたのだから、今後は我々が地上を良くしていかねばならん。それができて初めて、勇者達が護った存在はちゃんと価値があるものだった——などと、後世の者は物語に書き記しそうだな」

豪邸の主が口にした言葉に、あーありえるなぁと内心で同意した。

そもそも、歴史を題材とした読み物なんてのは古今東西ありふれている。

ならば、ここまでの出来事を「ワンモア」世界の物書きを生業としている人達が書かないわけがない。

むしろ、すでに書き始めている人はいると思われる。

「読み物として読む分にはいいですけどね。その話の中に自分が出てきてしまうと恥ずかしいですよ。たいてい脚色されるじゃないですか、その手の本って」

そう言って頬をかいた自分に、トイさんが「間違いなく脚色は入る。その手の人は尾《お》ひれをつけるのが大好きだから」なんて言いながら頷いていた。全くもって否定できない。

「そんな本が出たら俺は買うぜ。本はあまり読まねえが、アースが出てくるなら別だ」

「同意だな、知り合いが出てくる本なら特に面白く読めるだろう」

ちょ……ゼイとザウがそんな事を言い出してきたので自分は焦る。

勘弁してくれよ……記憶の片隅に留めるくらいならいいけど、そういうものとして残るのは個人的にこっぱずかしくなるんだってば。

これぱっかりは感情的な話なのでどうにもならん。

「まあ、その手の本ができるのはもうしばらくあとだろう。その頃には君は塔の中にいて手に取る事も多分あるまい――そろそろ時間もいい頃合いだ。この宴も終わりだな……頑張れよ、君ならきっとあの高き塔を踏破できると信じている。私はここで、メイド達とともに君の挑戦を応援し続けよう」

豪邸の主の言う通り、確かにそろそろお開きの時間だな。

自分もログアウトすべき時間が迫ってきている……名残惜《なごりお》しいが、これぱかりは仕方がない。

「俺やザウ、ライナだって応援してるさ。お前ならやれる」

「今までの困難にも打ち勝ってきたのだ。今回もやり遂げられると信じている」

「頑張って、とは言わないわ。あなたはもうすでに十分すぎるほどに頑張ってきたのだから。だから、私達はあなたがあの塔を踏破する事を信じるだけよ」

「言いたい事は皆と同じ、信じてる」

ゼイ、ザウ、ライナ、トイさんの四人からもそう激励された。

そうだな、それならそんな信じてくれる彼らの期待にはなんとしても応えなきゃあ格好がつかないってもんだな。

踏破は、きっと成し遂げよう。

そして胸を張ってこの世界とお別れしよう。

宴は終わり……自分はここに一泊する。

明日ログイン後、多分闇様に最後の会話を求められるんだろうな。

◆　◆　◆

翌日、ログインして食事を終えると、前日の予想通りに闇様に呼び出された。

祭壇の捧げものを入れる穴から下りて（もちろん巫女様の許可はもらっている）、闇様のもとに。

相変わらずここは真っ暗だが、もう慣れているのでこれといった問題はない。

「うむ、来たか。こうして直接話せるのは今日で最後なのだな」

「はい、ダークエルフの街に住む友との最後の別れも済ませました。本日この街を発ち、そして二度とここに戻ってくる事はありません」

闇様の言葉に、そう返答した。

闇様との最後の話を終えたらすぐここを発って、龍の国入りする予定となっている。最後の挨拶巡りも残りわずかとなってきた事を実感するな。

「寂しくなるが、致し方あるまい。出会いがあれば別れがある、それが世の摂理《せつり》なのだからな」

「はい、ですが私は闇様と出会えてよかったと思っています。最初はその、色々とありましたが」

それを聞いて、闇様が「そうであったな、あれは我が生の中でもとびっきりの変な出会いであったぞ」と言いながら笑い声をあげた。

自分はダークエルフの谷を冒険していたら穴に落ちて、そのあとマグマの上にある頼りない足場を必死で駆け抜けるアクション映画の主人公みたいになりながら、運営を呪《のろ》っていたけど。

「さて、そろそろ本題に入るとしようかの。お前を呼んだのは最後の挨拶を兼ねた会話を楽しむ事と、お前が立ち向かう試練に対してほんの少しだけだが手助けをするためだ。お前の右手に宿っておる、今は砕けてしまった魔剣だがな……まだ死んではおらぬ事は分かっていよう。その魔剣の残り火に、我の力を少しだけ注いでやろうと思うてな」

――【真同化《まどか》】は、有翼人との戦いの最終局面でその力を使い果たした。刃は砕け、今は刃を繋いでいたワイヤーのような部分だけが残っている状態だ。

その状態でも、伸ばす能力と先端を突き刺して高い場所からゆっくりと下りるといった一部の能力はまだ生きているが……武器としては貧弱になり、残念ながら今ではもう使いものにならない。

「武器としての復活は叶わぬだろう。しかし、その他の形でなんらかの助けとなる可能性はあると我は見ておる。そして、その力はきっとお前が窮地に陥った時に発揮されるはずだ」

確かに、武器としては使えなくても先端を地面に突き刺して引っ張ってもらい高速移動するとか、罠の解除のために離れた場所から伸ばして危険な作業をさせるとかの使い道はある。

それらの行動がよりやりやすくなるのであれば、【真同化】にもまだ出番がある。

「分かりました、お願いいたします」

自分がそう言うと、闇様の気配が近づいてくる。しかし、かなり近くに来ているはずなのに闇様の姿は一向に見えない。

最後まで完全に謎の存在であったが、そういう存在がいてもいい。この世の全てをはっきりさせちゃったら、それはそれで夢がなくなりそうだからね。

「では行くぞ、右手を前に出すが良い。うむ、それでよい。少しの間だけその状態を保て。我慢だぞ」

指示に従って待っていると、右の手のひらが不意に熱くなり始めた。手のひらから右手の中に針金を数本通されて、その針金を通して手の内側から熱が来るという表現になるだろうか。

まあ、熱いとは言っても焼けつくような温度ではないし、痛みもない。

奇妙な感覚なのだが、自分には心地よく感じる。

「もう少しかかるようだ。そのまま動かすでないぞ」

闇様の言葉に、自分は頷いて状態を維持する。

熱は徐々に腕を上り、肘《ひじ》を越えて肩に届いた。そこからは進まないようだ――ただ、熱を感じる線が徐々に太くなっているような感じがする。

感覚が針金から、細めのパスタぐらいの太さになったところで止まったようだ。

そこからはただひたすらに熱が送られてきて、そして終わった。

「うむ、上手くいったぞ。これで必要な時を迎えれば動き出すだろう。これが我にしてやれる最後の手助けという奴だな」

そう口にすると、闇様は自分から距離を取ったようだ。

熱が引いた自分の右腕をあれこれ動かしてみるが、特に変わったところはない。

インフォメーションにもエルフの聖樹様から祝福を受けた時のような情報の更新を告げる案内はない。

現時点ではどういう意味があるのかは分からないが、闇様が無駄な事をするとは思えない。

「今は特に何も感じないだろうが、我の力は間違いなく魔剣の残滓に届いておる。きっとお前の助けになるはずだ」

闇様が自分に危害を加えた事は一度もない。

むしろ今まで何回も助けてくれたのだから、そんな方の言葉を疑う必要はないだろう。きっと闇様はこのやり方が良いと思って行動したはず。

「分かりました。しかし、そこまでの窮地を迎えないと良いのですがね」

「無理だろうな。お前をはじめとした多くの者が向かおうとしている塔とやらからは、かなりの力が渦巻《うずま》いているのを感じる。気を引き締めてかからねばならんぞ」

闇様はそう言った。

そうか、有翼人を相手取った時以上の困難が待っている可能性もあるのか。

今の自分は、有翼人と戦った時と比べて能力が下がっている状態にある。

それでいて、あの時以上の厳しい展開が待っているとなると——まあ、逃げるという選択肢はない。

全力で事に当たるだけだ。

「闇様がそう言うのであれば、間違いはないでしょうね。用心していきます」

「うむ、それが良い。お前がその塔の頂点までたどり着く事を我もここから応援させてもらうぞ。きっとやり遂げられると信じておるからの」

やれやれ、闇様までそんな事をおっしゃられるとは……激励は嬉しいけど、肩に載る期待は重くなる一方だ……まあ、もちろんそこから逃げ出すなんて最高に格好悪い事をするつもりは欠片もないのだけど。

「なら、その期待に応えられるように全力、いえ死力を尽くします」

「期待しておるぞ」

こうして、闇様との最後の挨拶は終わった。闇様のもとから失礼し、ダークエルフの巫女様にも最後の挨拶をしてお社を出た時、突如公式から連絡が入ってきた。

何々、プレイヤー全員にこの通知はいくようになっている、と。

で、内容は……？　とりあえず適当なベンチに腰掛けて中身を見る。

INFO

最後のイベントとなる一対の塔踏破クエストについてですが、多く問い合わせがあったため、内容を大雑把に説明いたします。なお、この内容は塔が解放されたのちに管理者の部下達からも聞ける内容と同じになっている事を先に明記しておきます。

1．塔の最上階は一千階。そこを一年かけて登っていただく事が第一段階です。最終日に最上階に現れる存在と戦って勝利条件を満たすのが目的となります。

2．塔は五階ごとにセーブポイントが設けられています。また、この五階ごとに白い塔と黒い塔の行き来ができるようになっています。

また、行き来をする道の中央にあらゆるお店や施設が存在しているので、休息はこの場所で取る事ができます。

3. 二十階ごとにボスが存在します。しかし、白い塔と黒い塔では内容が異なります。
白い塔ではお題が出され、それを達成するか、お題を出した存在を倒す事でクリア。
一方で黒い塔ではボスを倒すシンプルな内容となっております。

4. 塔に登らないプレイヤーであっても、休息エリアにはアクセスでき、
このエリアから自由に出入りする事が可能です。ただし、このエリアにアクセスする
権利を得ると塔に登る資格を失います。ですので、生産職の方が塔に登る人を
サポートする事が目的となるでしょう。

5. 最終日に最上階で戦えるプレイヤーの人数は、塔を一千階登りきる事に成功した
プレイヤーの人数によって変動します。登りきったプレイヤーが多いほどに
参加可能人数が増えてプレイヤーの皆様が優位になりますので、踏破を目指してください。

6. 五階ごとにある休息エリアは、進行状況が異なる人同士であっても交流ができます。
情報のやり取りや、踏破が進まない人への手助けができる仕組みがあります。

7. 6の踏破が進まない人への手助けですが、上の階に進んだ人が下の階にいる人の
階層攻略を手助けする形となります。例えば百階まで進んだ人が五十階の人と
パーティを組んで五十一階以降の攻略を進める事は可能です。しかし、五十階までしか
進んでいない人を百階に連れてくる事はできません。

8. 白の塔内部では、パーティの編制内容に合わせたダンジョンが自動生成されます。
これにより特定の能力がないため進行が不可能になるという事はありません。

黒の塔内部には罠は一切なく、モンスターとの戦闘を主眼に置いた内容となっております。
9. これ以外の情報は、実際に登っていく事でプレイヤーの皆さんが
解き明かしていってください。皆様の挑戦をお待ちしております。

「ワンモア・フリーライフ・オンライン」運営

という感じで、最終イベントである塔の内容が書かれていた。

さすがに最終イベントであり、「ワンモア」のトリを務めるだけに、ある程度の情報開示をプレイヤーが迫って運営が折れたか。

それでも大雑把に説明しますってところが、完全には折れなかったという運営の意地を示していそうだ。

(運営はいったい何と戦っているんだ)

――この通知は、運営の手によって絶対消せないようになっているようだ。

多分ろくに読まずに消して、そのあと俺のところにはそんな通知は来ていないなんて騒ぐプレイ

ヤーへの対策なのかもしれない。

なんにしろこんな通知まで飛んでくるって時点で、本当にいよいよ最後なんだなって感じさせられる。

ベンチから立ち上がり、ダークエルフの街をあとにする。

もう、二度と戻ってこない場所になる。

でも、きっと長い間、ここの事を忘れないだろうな。

運営が）雑談掲示板 No.29932（屈したようで屈してない

472: 名無しの冒険者 ID:f52feWd1w

運営が珍しく、イベントの内容を通知と公式 HP に掲載した

したが……みんな思った事をあえて言うぞ？

大雑把に説明するってなんだよ!?

473: 名無しの冒険者 ID:HJge8c3wr

ああ、やっぱりそこだよな

かなりのメールボムが行ったはずだから運営がついに屈して、

事前説明をすると思ったんだが……斜め上杉

流石ワンモアの運営だ

474: 名無しの冒険者 ID:dgsdg5Pev

あとにも先にも、こんな運営は今後出てこないだろうな

普通イベント内容を大雑把に説明するって明記しねーよ！

475: 名無しの冒険者 ID:jughrv5On

ま、まあ何も言わないよりはましって事で

それに、塔の内容がある程度分かっただけでも良しでしょ

476: 名無しの冒険者 ID:Hrehgs5ef

俺のパーティは黒一択だな

白ってあれだ、

ある程度謎解きみたいな要素が出るんだろ？

俺達がバカってわけじゃないが、

なぞなぞとかになると途端に思考が

鈍る面子ばっかりだからな……

477: 名無しの冒険者 ID:GRHSvbrs5
出てくるお題の内容は一切書かれてないから、
どういうのが出てくるのか全く予想つかないからねえ
一方で黒はひたすらモンスターを倒して
上を目指すだけっていうシンプルな内容みたいだからね
黒の方を登る人は多そう

478: 名無しの冒険者 ID:DGdsv53we
まあ、合わないと思ったら五階ごとにある道で
もう一方の塔に行けばいいんだから
気楽に挑戦するぐらいでいいと思う

479: 名無しの冒険者 ID:THsd5rvbe
塔の行き来ができるのはいいよね
白選んだけど黒の方が良いような気がする、
もしくはその逆の時に移動して試せるのは評価したい

480: 名無しの冒険者 ID:RFwa4fNcs
詰み防止も兼ねてるのかもね
片方の塔は進めないけど、
もう片方なら行けそうって時に移動すれば良いわけで

481: 名無しの冒険者 ID:RSEGVwv58
救援にも行けるみたいだし、詰まったら知り合いに助けてもらって
進むとかもできる……まあ、知り合いが上に行けていればだが

482: 名無しの冒険者 ID:cv36fegwGH
あとは生産職もイベントに最後まで関われるのが確定したのはいい
休憩場所にだけは入れるみたいだから、そこで登る人に
装備とか消耗品を売ったりできるって事だろ？

483: 名無しの冒険者 ID:Ffe1feGetr
塔に登らない生産職は置いてきぼりなのかなとも思っていたから、
こうして参加できる余地があると発表してくれたのは助かる
知らなかったら世界観光の旅に出てたかもしれんし

484: 名無しの冒険者 ID:JNxd5efgWe
まあ、あと一年ちょいだもんな
塔を登る人にとっては、観光できるのもあとちょっぴり
登らない人はあと一年あるけど

485: 名無しの冒険者 ID:GFae53dfwz
メイド喫茶に引きこもれるのもあとちょっとだぁ
ああ、リアルに来てくれないかなメイドさん……

486: 名無しの冒険者 ID:dfgxhdfxb8
お前はリアルにあるメイド喫茶に行ってこい（笑）
それで我慢しろ

487: 名無しの冒険者 ID:Ge3x2qdvw
メイドスキーは今日も平常運転だなぁ
本当にぎりぎりまで居座るつもりなんだろうなぁ

488: 名無しの冒険者 ID:vbJ5369rf
リアルのはコスプレじゃん
ダークエルフのメイドさんは『本職』なんだぞ？
リアルで再現できるわけがないじゃん……
だから惜しんでいるのだ

489: 名無しの冒険者 ID:BFdg5ge3
今現在で、メイドが本業って女性はいるの？　もう幻なんじゃない？

490: 名無しの冒険者 ID:ePib3efr
いるところにはいると思う
ただし、それは一般人の目が絶対に届かない
遥か遠くのお話だと思うけど
メイドさんを雇う事ができるだけの財力がないと始まらないし、
メイドさんを雇うだけの理由がある家屋を持ってないとねぇ

491: 名無しの冒険者 ID:Jbf53efw
正論すぎてぐうの音も出ねぇ
ワンモアの運営とは大違いだぜ

492: 名無しの冒険者 ID:RBVSsav5
まあ、生産職も最後まで
関われると分かったおかげで
高騰が続いていた市場が
ある程度落ち着いてきたという影響も出たが

493: 名無しの冒険者 ID:GDSasdv7K
慌てて全部を用意する必要性はなくなったからなぁ
消耗品が高騰しすぎていたから、
落ち着いてきてくれるのは助かったよ
生産職側も、納期に迫られる事がなくなって
ほっとしただろうし

494: 名無しの冒険者 ID:Gag53fwdw
納期なんて言葉を、リアル以外でも使う羽目になるとか地獄だったわ
注文がひっきりなしだったからなぁ……
ファストにいるあの鍛冶屋の親方の目から、
光が失われていたのは引いたわ

495: 名無しの冒険者 ID:JMfdb853e
ものすげえ量の注文が、あの人に入ってたもんなぁ
体ぶっ壊さないか心配だったよ……
幸い発表が出てからは急がせる人は格段に減って
落ち着いてきたようだけど

496: 名無しの冒険者 ID:dvsdv7g2w
鍛冶の仲間だから手伝える部分は手伝ったけどよ、
マジで地獄だったぜ……
生産職をもうちょっと労わってくれと、
戦闘職に言いたいぜ

497: 名無しの冒険者 ID:SRGsrzv7e
一部ではあまりにも無茶な注文をして、
鍛冶屋とか薬師と大喧嘩した人もいたらしいからね
気持ちは分からんでもないけど、
生産職の人達だって人間なんだって事を忘れていないか？
と言いたくなる行為をしてたプレイヤーはいたねえ
まあ、もちろんごくごく一部だけど

498: 名無しの冒険者 ID:FDvd5fgwe
知り合いの薬師が先日そういう奴につかまってね
もうやる気失せたと言って、知り合い以外からの注文を
一切受けなくなってたよ
まあ、無理もないけどな……
現場にいて俺も止めたんだが、
わがままな奴ってとんでもない事を
当たり前のように言ってくるんだよな
話が通じないよ

499: 名無しの冒険者 ID:OUgny5gra
マイルールで動くからねえ、そういう人は
だから自分の常識を人に強要している
私が言っているんだから
やってくれるのが当たり前でしょう、
みたいな感じでね

500: 名無しの冒険者 ID:RGsrag8rg
で、それがこの残り一年ちょいの
ラストイベント直前でどっかーんと噴出してきた、と
でもそんな奴に付き合わされる生産職の人がかわいそうすぎるよ
今回の運営の発表で、そういう騒ぎも収まってくれるといいんだけど

501: 名無しの冒険者 ID:Kbt52feeo
その手の奴は、イベント云々関係ないと思うけどな
いつだってどこだって自分を中心に
世界が回っていると思い込んでいる奴だぜ？
変わると思うか？

502: 名無しの冒険者 ID:egsafg5rx
みんなを代表して言うね
そりゃあ『変わる事を期待するだけ無駄』って
意見でたぶん一致すると思う

503: 名無しの冒険者 ID:c5Urfd2gs
ああ、それでたぶん正解だと思う
自分も今無意識にうなずいてたわ……
あの手の奴は、
リアルだとかワンモアだとか関係ないからね

504: 名無しの冒険者 ID:UTJgd5rbd

塔の途中で消耗品が尽きて、
右往左往すればいいんだ
あの手の奴は戦力になりゃしないからな、
いない方がかえって助かる

505: 名無しの冒険者 ID:RSGsvr5rt

枠だけ取って、戦うふりだけをして、
そして報酬だけはきっちり持っていくクズだからな……
そりゃいない方が良いわ
いればいるだけ不利になるってもんだ

506: 名無しの冒険者 ID:DVsdfv7r3

そういう奴って、モンスターの近くにいるから
パッと見ただけでは戦っているように見えるんだよね。
でもちょっと観察すると実は何もしていない事が分かるというね……
PK があったら間違いなく後ろから刺される

507: 名無しの冒険者 ID:DFdva5rtB

そのくせ声のでかさだけは人一倍で、
嘘の話を四方八方にばらまくという
おまけまでついてくるんだよなぁ……
まあ、何度もやるからそのうち誰もが
ああ、またこいつかよってなるんだけど

508: 名無しの冒険者 ID:SEGgr8yuE

今回のイベントは最後だから、ぬるい難易度にはしてこないはず
だからそういう奴は積極的に弾いていかないとダメだね
ちゃんと行動する人が上に行かないと、
最終決戦がまずい事になる

509: 名無しの冒険者 ID:vb5b3wRvs
そうだな、ラスボスがぬるいはずがねえ
そんな奴を相手するのに、仕事をするふりが
上手いだけの奴は害悪以外の何物でもない

510: 名無しの冒険者 ID:hrrgsh8ef
一番いいのはそういう奴が塔に来ない事なんだけど……
無理だよねぇ
ああいう奴って本当イベントには絶対と言っていいほど来るし

511: 名無しの冒険者 ID:HRSzr2xcA
まあ、そういう奴らとは野良でもパーティを
組まないって事を徹底しよう
そいつら同士でパーティを組んでもらって、
潰し合ってくれるのが一番いいんだけどな

512: 名無しの冒険者 ID:EFGrg5tgr
離れた場所から見ている分にはいいかも
ちゃんと攻略している人のところに来るのは嫌だが

513: 名無しの冒険者 ID:ujdh8Oie
本音を言えば名前を掲示板に書いてさらし上げたいけど、
それをやると絶対冤罪が起きるからできないんだよなぁ……
皆、明らかに戦うふりをするだけの奴と出会ったら
メモしたあとに二度と組まないようにしろよ
攻略が辛くなるだけだから

17

ダークエルフの街をあとにして、エルフの森を経由してエルフの村へと戻ってきた。

ここで長い間、森の案内役を務めてくれたとらちゃんともお別れである。お別れを告げたあと、目にいっぱいの涙をためて抱きついてきたとらちゃんと離れるのはかなり辛かった。

それでも離れなければいけないと心を鬼にしてお別れした。

そうしてアクアに乗って龍の国に到着。

早速、過去にお世話になった一《いち》が武《たけ》にある宿屋の女将《おかみ》さんのもとを訪れたのだが……出てきた番頭さんに、女将さんは六《むつ》が武《たけ》の宿屋にいると言われた。

さらに、そこには二《に》が武《たけ》から五《いつ》が武《たけ》で自分が宿泊した宿の女将さんや引退していた旦那さんが勢ぞろいしているのだという。

「お別れの挨拶に来るという事は予想ができたので、しやすいように取り計らった、との事です」

であれば、さっさと六が武に移動しよう。その前に二が武の奉行所《ぶぎょうしょ》に寄って、かつて洞窟《どうくつ》に住んでいて今は奉行所預かりになっている蒼杯さんに会っていこう。

番頭さんにお礼を言い、アクアに乗って高速移動。

奉行所の方にも話がいっているようで、通行手形を見せるとすぐに通してくれた。

「お久しぶりです」

「お久しぶりです、アース様。あなたのご活躍は奉行所の方々から聞いていますよ」

蒼杯さんは元気だった。下半身は蛇のような姿のままだったが、目に巻いていた包帯は完全に取り払われ、自分に呑み込ませた左目の部分には青く光る水晶らしきものがはめ込まれていた。

義眼の代わり、という事になるのだろうか？

「私の魔眼もほとんど力を失い、普通の目と変わらないと言ってもいいぐらいになりました。最近では奉行所のお手伝いをして日々を過ごしています」

雰囲気も明るくなっていた。

以前の陰がある重い気配は消えており、過去との決別もきっと上手くいったのだろうな。

「そうでしたか……こちらとしても最後に元気なお姿を見られてほっとしております」

色々ありすぎて、会いに来る事ができなかったが——こうして元気な姿を見られたのは本当に良かった。助け出した甲斐があるというものだ。

あとは彼女が幸せになってくれれば、言う事は何もないな。

「ええ、突如現れた塔に挑まれるのですね。私といたしましても、恩のあるアース様に何かを差しあげたかったのですが……何も用意する事が叶いませんでした。申し訳ございません」

申し訳なさそうな蒼杯さんに、自分は首を振る。

「いえ、すでに元気な姿を見せていただくという替えのきかない報酬をいただいております。これで心置きなくあの塔に挑めます。助けた時はどうなるかと思いましたが、いや、よかった」

気障《きざ》と思われるかもしれないが、もう二度と会えなくなるのだ。

最後の最後ぐらいは格好の一つもつけてもいいだろう。

「――そう言っていただけて助かります。きっと、助けてよかったと思われるぐらいに幸せになってみせます。アース様の未来にもたくさんの幸せが訪れますようにと、ここから祈っております」

こうして、蒼杯さんとの最後の面会は終わった。

奉行所を出る時に大勢の龍人達に見送られた。全員から、あの塔の踏破が叶う事を応援させてもらうという言葉つきで。

そして次にこの街の長老のもとへ。

「そうか、あの塔に挑まれるか。『双龍の試練』にも挑んだお主《ぬし》じゃからな、挑まぬ方がおかしいのかもしれんなぁ」

「双龍の試練」も、今となっては懐かしい記憶の一つになってしまった。あの時に初めて雨龍さんと砂龍さんに出会った。一緒に試験を受けたゴロウが龍と成ったのも、もう懐かしい。

「ともに試験を受けたゴロウも龍と成って修業に忙しいでしょうから、もう会う事もありませんね……」

ま、それでもなすべき事はなし遂げているからいい思い出だ。

その後、雨龍さんと砂龍さんに受けた修業の内容を思い出すといまだに冷や汗が浮いてくるが。まあ、それらもひっくるめての思い出だ。

「ゴロウの一件は本当に感謝しておるよ。龍と成った者が出た事で、若い者の中に儀式に挑もうと己を鍛える者が増えた。間違いなくそのきっかけはゴロウとお主じゃからな。この国の行く先はきっと良いものになるじゃろう」

長老は常に笑顔だ。無理をして作っている感じはしない……うん、長老がこんな顔を浮かべられるのであれば、挨拶に来て良かったと思える。

「あの時の自分にできる事をしただけですよ。でも、それが龍の国の未来が良くなる事に繋がったのであれば、こちらとしても喜ばしいです」

そう言ってから自分も微笑む。最後に長老から「役立ててほしい」とたくさんの薬草をいただいた。これだけあれば、手持ちのポーションが不足した時に調合する分としてはしばらく持つだろう。

しかも全ての薬草が天然物。これだけの量を集めるのは大変だったはずだ……今ポーションに使われている薬草の大半が、栽培されている薬草だからな。

三が武をあとにした自分が次に寄ったのが、五が武の外にある霜点《そうてん》さんと皐月《さつき》さん、そして兄妹が飼っていた犬が眠るお墓だ。五が武でお線香っぽいものを買い、お墓の前へ。

お墓をきれいにしたあとに、これまた五が武で買っておいた花を生けてから線香もどきに火をつける。そしてそれをそっと置いて、静かに手を合わせた。

(近く自分はあの塔に挑むため、これが最後の墓参りとなります。どうか皆様方が穏やかに眠り続けられる事を)

返答はあるわけがない。あったらおかしい……ホラーになってしまう。

それに彼らの御霊《みたま》は、あの有翼人のボス、ロスト・ロスを斬った時に呪縛《じゅばく》から解放されて天に上ったはず。だからこの墓参りは本当に自己満足となる。

それでも、やった方が良いと思ったからここに寄り道したわけなのだが。

手も合わせ終わり、もう一度お墓に水をかけてから立ち去る事にした。

たっぷりの水をかけてやり、満足したのでお墓に背を向けて歩き出したその直後――

(健闘を祈る)(あなたの挑戦が実りますように)(行ってこい、お前ならできる)

そんな声が聞こえたような気がして振り返った。

誰もいないし、いつも使っている《危険察知》にも一切の反応がない。

幻聴《げんちょう》？　しかしあの二人と姿を変えてまで生き続けた犬――フェイクミラー・ビーストの声が聞こえたような気がしたんだが……いいか。

言ってくれたのだと、送り出してくれたのだと思っておいた方が気持ちがいい。

（では、行ってきます）

そう心の中で返答し、歩みを再開した。その心の返答に返ってくる言葉はなかったが、きっと届いたと思いたい。


そして、六が武の中に足を踏み入れる。今日も桜が満開で大勢の人が行き来しており、活気あふれる街の雰囲気はいつも通りである。さて、一が武の女将さん達はこの街にある例のでかい宿に勢ぞろいしているはず。あまり待たせたら失礼だ。早速行こう。

「お待ちしておりました、どうぞこちらへ」

番頭さんに案内され、ある一室に入ると、そこにはお世話になった各宿屋の女将さん達と四《よつ》が武《たけ》の元旦那さん。さらに龍稀様に龍ちゃん――おおっと、龍姫様に龍稀様の奥方様。

そして雨龍さんに、空で共闘して今は雨龍さんと一緒に行動している白羽《はくう》さんまでいた。

いないのは龍神様と黄龍様か。

「おお、やっと来たか。お前が最後の挨拶で各地を回っている事を聞いてな。集められる者はここに集めておいた。宴会を楽しみつつ最後の別れを惜しむがいい。その後に龍神様と黄龍様に挨拶に向かうのが良いだろう。龍神様と黄龍様は忙しくてな、お前と会うまでにしばし時間を要するとの事だ」

龍稀様が動いていたのか。奥方様がそれを止めていないという事は問題なしと判断されたのだろうな……まあ、こちらとしてもこういう形にしてもらった方が取れる時間が多くていい。

「本音を言うのであれば、お前にはこの国に骨を埋めてほしいぐらいなのだがな……さらなる困難に挑むという漢《おとこ》を無理に引きとめるわけにもいくまい。さあ、今日は無礼講だ。騒ぎ、踊り、この一瞬を皆で楽しんでから、彼を送り出してやろうぞ！」

龍稀様の言葉で、宴会が始まった。

次々と運ばれてくるごちそうとお酒。この場に集った皆と普段はできない砕けた会話。もう二度とやってこないこの時間を存分に楽しむという皆の気持ちが一致し、あっという間に時は流れる。

「どれもこれも懐かしい話です」

「そうだろうねえ、本当に世界が大きく動いた、歴史に残る時代を生きてきたんだものねぇ」

「その裏に表に、居合わせたのが彼だというのもまたすごいですけどね」

「アースはきっとでかい事をやり遂げると信じておったのじゃ！」

思い出話はなかなか終わらない。色々やってきた事が一つ一つ思い出され、時には困った顔を浮かべ、また時には笑った。でも、このひと時を過ごすために今まであったというのであれば、あれこれやってきた事が報われるというものだろう。

「あの塔には、ぜひ挑んでみたいのだがのう」

「龍である雨龍さんはこの国を出ちゃダメでしょー？　あの時が特例中の特例だったってのは、もう私だって知ってるんだからね？」

雨龍さんと白羽さんがそんなやり取りをしている。そうだな、龍である雨龍さんはまた龍の国の外に出る事はできなくなった。

空の世界の一件が済むまで歩き回れたのは、状況を打開するためのやむを得ない特例措置《そち》だったわけで。そしてその特例を受けたもう一人の砂龍さんはここにはいない。

ああ、今さらながら今ここに足りなかったものが分かった――かなり遅れてしまったな。

「すみません、酒と飯が入ったお膳を一つ用意してもらえませんか？」

「それは構いませんが、なぜでしょう？」

「弟子とした事がすっかり忘れていました。このまま宴を終えては砂龍師匠に叱責《しっせき》されてしまいます」

自分の言葉でこの場が静かになったが、自分は続けて言う。

「なに、師匠の器は小さくありませんよ。膳を用意してきちんと飯と酒を出せば笑って許してくれるでしょう」

するとき、雨龍さんも「そうじゃな、あの食いしん坊が満足するようないい飯と酒を出してやってくれ」と女中さんに告げた。そのやり取りを見ていた龍稀様が自分に問いかけてきた。

「良いのか？　辛い記憶だろうと考えてあえて用意しなかったのだが」

「いえいえ、先ほども言いましたが、こんな場で砂龍師匠の分の膳を用意し忘れた方がよっぽどあとが怖いですよ。それに師匠を覚えている人がいるんです。ならば師匠の分を用意した方が気持ちがすっきりするでしょう？」

自分の返答に、龍稀様もにやりと笑った。

そうして飯と酒が載った膳が運ばれてきたのだが……ここで奇妙な事が起きた。

載せられた飯と酒が、徐々に減っていったのである。普通なら怖がるところだが……

「あの食いしん坊め！　用意されたごちそうにつられて、冥府《めいふ》からわざわざここまで食いに来おったぞ！」

雨龍さんがそう言って、皆が笑った。

無人のはずなのに飯と酒が減る膳にも次々とごちそうが運ばれた。

自分は、笑顔で飯を食べる砂龍師匠の幻《まぼろし》を、そこに見たような気がした。

18

「――眠れぬのか？」

ふと声をかけられ、振り向くとそこには龍稀様がいた。

その表情は実に穏やかなもので、先ほどまで宴で酒をしこたま飲んでいた人とは思えないほどだ。

何せ顔色がもう普段と変わらないのだから。どれだけ酒に強いのだろうか？

「いえ、なぜか今日は月と夜の桜を眺めたくなりまして……そのため、こうして城の外に出ているだけですよ」

自分が素直に外にいる理由を話すと、龍稀様がふっと笑った。

「なるほどなぁ、今日は確かにいい月が出ておる。そして今日の夜桜は美しい。このような美しきものを眺めぬのはもったいないないか」

美しく輝く月に満開の夜桜。リアルではまずお目にかかるのが難しい組み合わせだ。

いや、不可能ではないのだが、こうして穏やかに眺めるのは難しい。

お花見だとその、酒が入って騒ぐ人が多いから……

「ええ、実に絵になる光景です。ここまで美しいもの同士の組み合わせはそうそうありません。だからこそ、こうして眺めていたいのです」

もちろんSSは何枚も連写しているが……風も温度も感じながらこうして眺めていられるこの瞬間の体験までは保存できない。自分の頭の中に記憶するしかないのだ。

「うむ、今日は月も桜も素晴らしく映えておるな。ここまで美しい組み合わせは龍の国に長く住んでいてもそうそう見られるものではない。まるで、新しい試練に挑むお主を見送るべく、設《しつら》えたかのようだ」

龍稀様の言葉に頷きたくなるぐらいの光景だ。ほどよい風、心地よい気温、美しく輝く月、その光を浴びて静かに己を主張するが出すぎない夜桜。

この光景は、まさにお膳立てされたかのように整いすぎている。

もちろん、実際は単なる偶然の積み重ねなんだろうけどね。

「——この国には、幾度となくお世話になりました。妖精国の防衛に始まり、有翼人の始末に渡る間に、何度も訪れて何度も鍛えていただいた。本来ならばこの国のために働き、この国の土となるのが筋なのかもしれません。しかし、この身はそれが叶わぬ定めにあります。それだけが、申し訳なくなってしまいます」

もしこの世界が仮想現実ではなく本当に存在している国だったとしたら、きっと自分はこの国の住人になった可能性が高い。他の国にも顔を出しに行くが、中心はこの国という感じで。フェアリークィーンがへそを曲げるかもしれないが、自分が一番馴染みやすい国がここだからなぁ。

「なに、その気持ちだけで十分というものよ。それに、こちらはこちらでお前に世話になった。二が武で起きた一件や、新しい龍の誕生もお前がいたおかげだ。そして此度《こたび》は国を、世界を護ってもらった。こちらの方がもらいすぎているからな、そのあたりはかえってこちらの方が申し訳ないくらいだ」

龍稀様は笑みを浮かべつつ、そう口にした。

まあ、有翼人はあまりにも悪逆すぎるが故に放置できなかったからね……彼らに世界を征服されて全てが終わる結末なんて迎えていたら、悔やんでも悔やみきれなかったはずだ。

そうならなかったからほっとしているし、この世界に来られなくなっても安心していられる。

話をしていると、龍稀様の奥方様や龍姫様までやってきた。

何をしているのかと聞かれたので、月と夜桜を眺めながらたわいない会話をしているだけですと返答したところ、二人ともその話に付き合うと言い出した。

断る理由もないので加わってもらう。

「確かにここに出てこうして眺めると、素晴らしく美しいですね」

「このような美しい桜と月の組み合わせは初めて見るぞ。怖いぐらいのかみ合いようじゃな……なるほど、これは外に出て眺めたくなるのも頷けるというものじゃ」

奥方様や龍姫様も、この美しさに魅入られたようだ。そのまましばし、誰も何も喋らずこの美しい光景を眺める。次に口を開いたのは、龍姫様だった。

「アース、気が付けば長い付き合いじゃったな。あのバカ姉がきっかけで知ったお主じゃが……出会えてよかったと心から思っておる。今まで世話になった、感謝するぞ」

そう口にすると、龍姫様はゆっくりと頭を下げた。

「立場上、大勢の者がいるところではこうして頭を下げる事は叶わぬ。しかしこの場には父上と母上、そしてお主しかおらぬ。この機会を逃せば、このように素直に感謝を示す事はできぬ。恩人に対して素直な感謝ができぬ者は愚物《ぐぶつ》にしかなれん。そんなものにわらわはなりとうないし、アースには感謝の言葉を伝えておきたかった。このような場を最後に得られたのは僥倖《ぎょうこう》じゃったな……」

彼女も変わった。最初と今では大違いだ。本当に成長したなぁ……

「自分も、龍姫様と出会えて楽しかったですよ。こうして直接会話ができるのは最後になるのでしょうが、出会えた事と今までの思い出は墓に入っても忘れません。龍姫様がいつまでも壮健で、龍の国が栄えていく事を祈っております」

本心から出た言葉を、素直に口にした。

今日ログアウトして、明日ログインすればもうこんな時間を迎える事はまずありえない。

彼女ももうただのお姫様ではなく、龍の国の明日を背負う人物になっているのだ。このような自由な時間を得る事など、まずできはしない。煌《きら》びやかな世界に住んでいるように見える彼らだが、その実、国の将来を背負う重責に耐え続けているのだ。

「そう言ってくれると助かる。本当にお主にはたびたび迷惑をかけてしまった。嫌われてしまってもおかしくなかったからのう……わらわはもうお主の挑む道に関わる事はないじゃろうが、お主の事はこの国を守りつつ幸あれと常に祈っておるぞ」

顔を上げた龍姫様はそう口にして――自分に抱きついてきた。自分はそんな龍姫様をそっと抱きしめ返した。これが最後なのだ、少しぐらいはいいだろう。

龍稀様や奥方様も止める気配はなく、むしろ少しだけ娘のわがままに付き合ってあげてほしいと目で訴えている。

わずかに嗚咽《おえつ》が聞こえるが、それは聞こえないふりをする。

ただ静かに、そっと抱きしめてあげながら月を眺めて、夜桜を眺めるだけである。

彼女が泣いている事は、誰も知らない。そういう事にするのだ。

そして数分後、自分からそっと離れた龍姫様は「あまり遅くまで眺めていると風邪を引くやもしれぬ。ほどほどにな」と言い残して城の中に入っていった。

「――そろそろ風も冷たくなってきた。我々も引き上げるか」

「そう、ですね。そろそろ寝床に入りましょうか」

龍稀様の言葉に、自分も同意した。温かな風は薄れ、冷たいものが混じり始めた。先ほどまでの美しい景色のバランスも崩れ始めている。引き上げる頃合いという奴だ。十分にこの景色は堪能した。撮ったSSもPCに保存して長く残す事としよう。

「娘の言葉ではありませんが……私や夫も、あなたの行く道の先に幸多かれと祈っております。ふふ、私達一家が一人のために祈るという事はめったにございませんから、きっとあなたには何かいい事があると思いますよ」

城に入る途中で、奥方様がそう口にした。

良い事か、じゃあ心のどこかでほどほどに期待しておこうかな。知力、体力、時の運なんて言葉もどこかで聞いたし、全力で事に当たって、やれる事を全部やって、それでもどうにもならなくなった時に何かあるというのなら、それは実にありがたい。

「ありがとうございます。その祈りが無駄にならないようにこれからも精進いたします。祈ってもらうのに怠惰《たいだ》に過ごすようでは申し訳が立たないですから」

自分の返答が気に入ったようで、龍稀様と奥方様はともに微笑んだ。

城に入って少しあとに二人と別れ、自分に割り当てられた部屋へ。装備を解除して布団に入る……これが龍城で最後に入る布団か。じっくりと味わってからログアウトしよう。

◆　◆　◆

翌日ログインして身支度を整えていると、部屋の外から声かけられたので、起床していますと返答。

「龍神様と黄龍様の準備が整ったそうです。アース様が起床し次第、来るように伝えてほしいと仰せつかりました」

そうか、じゃあ早速行かないと。教えてくれた人にお礼を告げ、出発の準備を全て整えた。

龍神様と黄龍様への挨拶が終わり次第、すぐにこの国を発つので、龍城にはもう戻ってこない。龍城を出た。龍稀様達はもう仕事が忙しいので見送りなどはない。ま、昨日のうちに別れは済ませてあるから、これ以上は必要ない。

いつもの入り口から入って進むと、その先で龍の姿の龍神様と黄龍様が静かに自分を待っていた。

『来たか……こうして直接顔を見るのは最後となるか』

『寂しい限りじゃが、新たな試練に臨むとあれば引き止めずに見送らなければなるまいよ』

穏やかな声で、龍神様と黄龍様がそんな事を口にした。

このお二人……いや二柱と呼ぶべきか、神様なんだし。ともかく、直接顔を合わせた回数は少ないが、修業や有翼人関連で多大な支援を受けた恩がある。言い換えれば迷惑をかけたって事にもなりそうだが、こうして惜しんでもらえるのは喜んでおこう。

「は、本日は今まで多大な支援をいただいた事に対するお礼と、最後の別れの挨拶をするためにやってまいりました」

自分がそうして深く頭を下げると、『そう硬くならずともよい』という黄龍様からの声が飛んでくる。

『こちらはこちらで、新たなる龍の誕生や有翼人に対する対抗手段としてお主には世話になった。こちらこそ感謝せねばならんよ……お前は良い風をこの国に運んでくれた。お前の事はこの身朽ち果てるまで絶対に忘れん』

黄龍様にそう言われ、自分は再び頭を下げた。

この国の神として存在する黄龍様にここまでの言葉をもらえるのは、十分な誉《ほま》れと言っていいだろう。龍人達なら、感極まって泣くかもしれないな。

『黄龍の言う通りだ。我もお主の事は忘れぬぞ。お主に力を託して、本当に良かったと思っておる。お主ならば、あの天を貫く高き塔であってもその頂点までたどり着く事が叶うはずだ。もはやなんの力も貸せぬが……いや、今のお主には不要だな。幾多の困難を生き抜いてきた力と経験があれば、きっとたどり着けるはずだ』

うん、もし力を貸すと言われた場合は断るつもりだった。

ここで新しい力を得て大幅にパワーアップしてしまったら、塔を踏破できたのは自分の力ではなく龍神様と黄龍様の力があってこそと受け取られる事になるだろう。

そう受け取るのは当然、塔のてっぺんで待っている存在だ。

そして、そんな結果を生んでしまったら、多分その存在はがっかりすると思うんだよね。

これは私の見たいものじゃないとか言ってきそうだし。

「はい、今までの世界を巡る旅で身につけた己の力で、あの塔の最上階にたどり着いてみせます。そうしなければ、自分を信じてたどり着けるだろうと言ってくれた方々の顔に泥《どろ》を塗《ぬ》る事になりかねませんから」

だから、ここにきての過剰なパワーアップはいらない。今までの旅で得たものを総動員すればいい。それできっとあの塔のてっぺんに手が届くはず……いや、絶対に届かせてみせる。

絶対はないと誰かが言っていたような気がするが、それでもここだけは絶対という言葉を使わせてもらう。

『よき決意だ。そんなお前だからこそ、我らも力を授けたというもの。たどり着いてみせるのだ、あの塔の頂点へと。今のお前なら、可能なはずじゃ』

『うむ、黄龍の言葉に我も同意しよう。お主は長き旅を重ね、様々な経験を得た。蓄えた力、知恵、経験があれば、あの塔のてっぺんに立てるはずだ』

二柱の言葉に自分はしっかりと頷いて応えた。また一つ期待をかけられたが、この期待は背中に載る重しではなく後ろからあと押しする力だろう。

塔を登っていくうちにきついとか厳しいとか感じるようになるだろうが、そんな時にこそ、こうやってかけられた言葉を思い出せば頑張ろうという気持ちを取り戻せるだろう。

『あとは運か……運ばかりはどうしようもないところもある。だが、ここからお主の挑戦が上手くいく事を祈る事はできる』

『うむ、今までお前が出会ってきた者達と同じように我らもここで祈るとしよう。お前の目的は無事に果たされる事をな』

――神が祈るって、ある意味すごい言葉だな。それだけでなんらかの力を得てしまいそうなんだけど……称号などに変化はなく、スキルの方も全く変化していない。純粋に祈るだけのようだ。

「ありがとうございます。その祈りが無駄ではなかったと、必ずや証明してみせます。それに、大勢の期待を背負って失敗したら、なんというかその――格好がつかないじゃないですか」

その返答を聞いた龍神様と黄龍様はそろって大笑いした。呵々大笑《かかたいしょう》という四文字熟語が浮かぶ……ここまで二柱が大声で笑う姿は初めて見た気がする。

『そうか、格好がつかないか！　そうだな、漢たるもの格好をつける時はしっかりとつけねば締まらぬよな！』

『うむうむ、まさにその通りじゃな。普段から過剰に格好をつけておる者は情けないが、格好をつけるべき時につけられぬ者もまた情けないというもの。そして大勢の期待を背負って塔の踏破を目指すというのは、まさにその格好をつけるべき時の中に入ると言えるだろう！』

そんな会話を交わしたあとにまた、龍神様と黄龍様はそろって大笑いしている。その笑いが収まるまで自分はただ待った――耳をふさいで。

二柱のサイズがでかいから、こうやって笑われると一種の音響兵器みたいな感じになってしまうのだ。あー、耳がキンキンする。

『ならば存分に格好をつけてみせるがいい！　見事にやり遂げてやったと、塔のてっぺんで叫んでみせよ！』

『他の者には聞こえなかったとしても、我らは必ず聞いてやる。その叫びが聞こえてくるのを待っているぞ！』

最後にそんな言葉をいただいて、龍神様と黄龍様との挨拶も終わった。二柱のもとを離れ、そのまま六が武を出発した。

あとはサハギン族と人魚の皆さん、そして妖精国のみ……関所はきちんと通過して龍の国をあとにし、アクアに乗って空を飛んでいるその時だった。

自分とアクアの上にいくつもの影が横切った。こんな上空で？　と顔を上げると、そこには……

『久しいな、アースよ。今お前は世界を巡って最後の挨拶をしていると聞いた。ならば、こちらにも来てもらうのが筋というものだろう？』

なんと、レッド・ドラゴンの王様が、数匹のドラゴンのお供を連れて自らやってきていた。

まずい、何か忘れているようなーって気はしていたが、忘れてたのはこれだ！

ドラゴンの国への最後の挨拶が抜けていた！　だが、こちらには社会人生活で磨いたポーカーフェイスがある。

「ええ、確かにそれが筋です。しかし、ドラゴンの国は他の国とは違って出入りが困難です。そこにただの人族である自分がほいほいと立ち入ってはまずいだろうと考えておりまして」

さらに必殺、その場でのでっち上げも発動。このコンボでシラを切る。

が、自分の言葉を聞いたレッド・ドラゴンの王様は一笑に付した。

『ばかばかしい、お前がただの人族だと？　有翼人と戦って打ち勝ったお前をただの人族と評した奴がいるのであれば、それは愚か者だろう。そのままついてくるがいい。宴を楽しむ準備はできているのだ。なあに、そう時間は取らせん、心配はいらんぞ』

――まあ、いいか。忘れていた申し訳なさもあるし……

というわけで最後の挨拶回りは、ドラゴンの国へ寄り道する形となった。

19

そしてやってきました、ドラゴンの国……で、自分は今、必死で料理を作っていた。

ドラゴンの方々が用意してくれた肉を、焼いて、茹《ゆ》でて、炒めて、揚げて、と様々な調理法で。

でき上がった料理はドラゴンの皆さんのおなかの中に次々と消えてゆく。

最後の挨拶とこれを兼ねて連れてきたのか……

「これが最後の機会なのが惜しい！」

「ああ、実に美味いな。もっと味わう機会が欲しかったな」

「グリーン・ドラゴン、作り方は見えているな？」

「「食べずに学べってひどすぎるんですが!?」」

こんな事をしているのは、レッド・ドラゴンの王様に頼まれたから。グリーン・ドラゴン達に料理の作り方を教えてほしい、と。なんでも、グリーン・ドラゴンの皆さんの中でも特に人化の術を得意とし、手先が器用なメンバーにさらに訓練を施し、器用さに磨きをかけさせた。

そしてついに料理に挑ませる事にしたんだと。

さらにドワーフのところまでわざわざ出かけていって、包丁やまな板を作ってもらってきたらしい。ドラゴンの力で使っても壊れない頑丈《がんじょう》さを持った調理道具という事で……まな板の方は人が使えばいい盾となりそうな気がする。

「なるほど、なるほど。そうやって作るのですね。やはり直接、製作作業を見るのはいい勉強になります」

そんなグリーン・ドラゴンの中で、一人だけ（人化中なので人と呼ぶ）勤勉にこちらの仕事を見ながらメモを取っている方がいる。

妖精国で飯を食わせたあのグリーン・ドラゴンか？

まあ、積極的に学ぶ意識を持ってこちらの作業を見てくれているので、ケチはもちろんつけない。

彼にはドラゴン族の胃袋を支える存在になっていただきたい。

「調味料とはあのように使うのか」

「山盛り入れればいいというわけじゃないんですね」

「うーん、今までの特訓がなかったら、あんな細かい味付けなんて真似できなかったかもしれないわ」

「美味い飯とはやはり香りもいいものだ。この香りを覚えておかねば」

でも調理を続けるうちに、他のグリーン・ドラゴン達も自分の手元や料理法をしっかりと見るようになってきた。

どの料理にどれぐらいの塩を使うのか、様々な調味料はどのタイミングで入れるのか、そしてその過程で出てくる香りとはどんなものか。そういった事を真剣に学んでくれているようだ。

「味見しておく？」

「「「「ぜひ」」」」

調理の合間に、余ったソースなどをグリーン・ドラゴンの皆さんになめてもらって、味を知ってもらう。手順を知り、味見で大体これぐらいという指針ができれば、まずい飯を作る事はそうそうないだろう。

まずい飯を作る人って、大体が『基礎ができていないのにアレンジする』『作ったものの味見をしない』『調味料などの分量を指示に従わず、自分で決める』『焼く、煮る、茹でるなんかの調理時間に従わず、自分の裁量で火を止めてしまう』『具材がないので適当なもので代用した結果、味がめちゃくちゃになる』とかをやるからなんだよね。

「なるほど、こういう感じか」

「こういう味付けをすればいいのか」

「なるほどなるほど」

料理に関してはまっさらな状態にある彼らにとって、この味は基礎となる。だからこそまずいものを作って、味音痴《おんち》になるような事態は回避しなければならない。調理法で無茶をやって危険物を生み出さないようにしなければならない。

メシマズは、時として人の命を奪うのだ。だからこそ、最初の一歩はとても肝心。

「今日のように、食材は新鮮なものを使ってください。傷《いた》んだものなんて使っちゃダメですよ。下手なものを料理で使ったら病気になったり最悪命を奪ったりする事にもなります。幸いドラゴンの皆さんが普段食べてきた肉は、生食できるものばかりでしたが……食材によってはしっかりと火を通さねばならないものもあります。当分は今まで食べてきたお肉で調理に慣れていった方が良いですね」

そんな注意事項も付け加えておく。

ブル・フォルスのお肉をはじめ、ドラゴンの皆さんが食べてきたのは牛肉に近いものばかり。火をしっかりと通さなければならない豚肉のようなものはなかったのだ。

豚肉をなぜ生で食べてはいけないのかという事に興味があれば、調べてみると良いだろう……

「今日の料理も美味しいです！」

レッド・ドラゴンの娘さんも料理を次から次へと平らげている。今日も健啖《けんたん》っぷりは変わらず、元気そうで大変よろしい。まあ、その様子を見られただけでも来た甲斐があったな。

「やはり素晴らしい料理だ。そしてすまん。でき上がった料理をいくつか持って、ついてきてくれないだろうか？」

料理を作り続けてしばらく経ったあとに、レッド・ドラゴンの王様からそんな事を言われた。

ふむ、全力全開で作り続けていたおかげで料理は大体行き渡ったようだし、離れても問題はなさそうだ。むしろそういうタイミングを見計らったんだろうが……

とりあえずいくつかの料理を適当に持って、レッド・ドラゴンの王様のあとについていく。

――そうしてたどり着いた先には、巨大な骨がいくつも残る場所。

ここは、ドラゴン達のお墓なのか？

「こっちだ、静かについてきてほしい」

再び王様のあとに続く。そこには、いくつもの大きな骨が残されていた。ただ、他の骨と違うのは、溶かされたかのように無残な残骸になっているところだろうか？

残っている箇所もヒビが無秩序に入っており、この骨が完全に土に還るのはそう遠くない事のように見受けられた。

なんでここにある骨だけこんな無残な姿をさらしているのか、という自分の疑問を感じ取ったのか、王様が口を開いた。

「――この骨はな。お前達とともに有翼人どもと戦って、生きて俺に最後の報告をしてくれたドラゴンのものだ。しかし、彼らはその報告を終えるとそのまま力尽きて、二度と目を開ける事はなかった。そのあと彼らをここに運び、弔《とむら》ったのだが……有翼人の呪いなのかどうかは分からん。だが、ここに運んで二日後には肉が全て腐り落ち、そして次に骨が短期間でここまで朽ちた。これは明らかに異様だ」

さすがに二日でドラゴンの肉が全て腐ってなくなるというのはおかしいな。

いや、ドラゴンの肉に限った話じゃない。よっぽど小さい生物じゃない限り、二日で肉が消え去るなんて事はありえない。有翼人の最後の呪いと考えてもおかしくないだろう。

「もちろんすぐにホワイト・ドラゴン達に調査させた。その結果、少なくとも呪いや病の類《たぐい》ではないという事だった。誰かに伝染するような事もないと……ただ、それでもあっという間に彼らの骨は朽ち果て……あと数日もあれば、彼らがいたという事実は我らの記憶の中に残るだけとなるだろう」

王様の言葉から――戦友であるお前には、ともに戦った彼らがここで永久の眠りについた事を忘れないでほしい。そう願っているように感じ取れた。

なので、自分は手を合わせて静かに黙とうを捧げる。

あの戦いで戦った者の大半が帰ってこられなかった。戦いとはそういうものだが、それでも被害が大きすぎた。

　無論、世界全体から見れば、有翼人の企みに対して驚くほどに被害を抑えられた方ではある。

（それでも、少なくない傷跡は残った。有翼人が、もっと穏やかな性質をしていればつく事のなかった傷跡が。ここもその一つか……）

　必要な犠牲だった、と矢面に立たない連中は軽々しく口にする。その必要な犠牲に、自分が含まれていないからだ。命を懸けて散った者はもちろん、それを指示した者も相応の厳しい苦痛を死ぬまで内に抱える事となる。

　さらには、口さがない者達の心ない文句や中傷という苦しみまで味わう事になってしまう……

　その傷跡が癒えるまで、どれぐらいの時が必要なのか。現実でだって、時間をかけてもなかなか癒えない傷など山ほどある。そしてこちらの世界に生きている者達には長命な者も多い。

　彼らが心の奥底に抱えたそれが、少し軽くなるまでどれほどかかるのか……想像もつかない。

「おい、お前達。今日は戦友をお前達のために案内してきたぞ。捧げられた飯を直接食う事はできないだろうが、その香りだけでも味わっていってくれ」

　そう口にした王様が自分の方を向いたので、自分は頷いて持ってきた各種料理を出し、骨の前にそっと置いた。

　これはお寺のお坊さんに聞いたかな……話の由来があいまいなのだが、お盆などに帰ってきた故人は捧げられた料理の湯気を食うのだという。

もちろんそれが本当かどうかは分からないが……それでもそんな話を聞いた記憶があるので、香りだけでなく、たっぷりと湯気が出る汁物の料理を多く置いたつもりだ。

すると、湯気の向きが徐々に変わる。最初は風がなかったので真上に上がっていたが、いつしかドラゴンの骨のある方に湯気が向く。

さらにおかしな事に、湯気が消えずに朽ちかけていた骨にそっとまとわりつき始めた。

王様が焦ったような表情を浮かべて自分を見るが、自分もなんでこんな事が起きているのか分からないので首を振る。

湯気は骨に絡みつき……絡みついたところからわずかに発光しながら……空気に溶けるかのように消えていく。それと同時に、供え物としておいた料理も徐々に消えていく。

料理が消えるペースと、骨が消えるペースは多分ほとんど同じで、骨の量が最初と比べて半分くらいになった時、供え物として出した料理も半分がなくなっていた。

この現象は供え物と骨が両方きれいに消えるまで止まる事はなかった。

全てが終わったあと、自分と王様は互いに顔を見合わせていた。

「どういう、事でしょうか？」

「分からぬ。だが、嫌な感じはしなかった。むしろ清浄な雰囲気すら感じた。故に悪い事ではないのだろうが……ダメだ、このような事は記録にもない。本当に分からんぞ」

確かに王様が言った通り、先ほどの現象の間に嫌な気配だとか不安にさせられるような感じはなかった。むしろ穏やかで、荒波が静かに収まっていくような……

「もしかすると、彼らは死してなお苦しかったのかもしれません。しかし、そこにお供え物を得て安心した。そして本当の意味で静かに眠る事ができた……そんな気がします」

心残りや怒り、悲しみを捨てて成仏《じょうぶつ》したのではないか。こうやって死した者の前にまで食べ物を置けるほどに世界が落ち着いた、なら本当に世界は救われたのだと感じ取ったのかもしれない。

もちろん全ては勝手な想像に過ぎないのだが。

「そういう事かもしれん。あとでホワイト・ドラゴン達にもう一度確認させるが……うむ、やはりお前が来る前と今では空気が違う。奴らが本当の意味で眠りにつけた、というのは正鵠《せいこく》を射ているやもしれん」

レッド・ドラゴンの王様の言葉を聞いた自分はもう一度手を合わせる。

戦友よ、穏やかにゆっくりと休めと願いながら。

◆　◆　◆

戦友ドラゴンの魂？　を慰めたあとはログアウトした。

そして翌日——自分はレッド・ドラゴンの王様と各種ドラゴンの長老達の前に呼び出されていた。

『わざわざこのような場所に来てもらってすまんな。大量の料理提供に加えてグリーン・ドラゴン達への料理の指導。さらに我が同胞達の苦しみからの解放と多くの事をしてもらった。そこで我々は話し合った結果……新しい戦いに旅立つお前への餞別《せんべつ》という意味も込めてあるものを渡す事とした』

レッド・ドラゴンの王様がそう告げると、自分の目の前に大量の矢が置かれた。ちょっとした山と見まがうほどの規模で、アイテムボックスに全て収めきれるかどうか不安になる量である。

しかし、矢が餞別とはいったいどういう事だろう？　とりあえず一本手に取ってみると……この矢、全体が同じ素材でできていて、矢と矢じりが一体化しており、分かれていない。

だが矢の先端は実に鋭く、許可をもらってから手持ちにあった鉱石を斬ってみると、あっさり斬り落とせた。下手な片手剣や大太刀よりも斬撃による攻撃力を持っている事は間違いない。

いったいこの矢は——

ITEM

【竜骨《りゅうこつ》の矢】

ドラゴンの骨で作り出されている矢。この矢で撃たれれば、ただでは済まない。その代わりドラゴン達の呪いを受けやすい側面もあり、あなたがドラゴン達に認められていないのであれば、この矢を使わずに捨てた方が賢明だろう。

効果：Ａｔｋ＋80
特殊効果：「敵の防御を一定割合で貫通」

「命中するか、完全に外れたあとに高確率で矢が矢筒に戻ってくる」（悪事を働いていないドラゴン達を殺してこの矢を作った者には、矢筒にではなく心臓に返ってくる。ドラゴンに認められていない者が使った場合、手を斬り落とす軌道で戻ってくる）

なぁにこれ。火力もかなりおかしいけど、特殊効果が輪をかけて物騒《ぶっそう》すぎる！　ドラゴンを殺して骨を矢にしたら、放ったあと心臓に戻ってくるとか……しかも防御を一定割合で貫通するから、どんな重装甲であっても無駄になる可能性があるという事になるのではないか？

で、殺してはいないが認められていない人物が使えば手を失うと。

骨になってなお、ドラゴンの強さは健在という事を多分言いたいんだろうけどさ、なんでこんな風に物騒な方向にしちゃうかなー。

『矢の能力を見たか？　見れば、餞別であるという事は分かっただろう？　そしてイエロー・ドラゴン一同は、彼がこの矢を使う事を認めよう』

『ブルー・ドラゴン一同も同じだ』

『ホワイト・ドラゴンも同じです』

『ブラック・ドラゴンも反対者はおらぬ』

『グリーン・ドラゴンも認めます』

『言うまでもないが宣言はしておかねばな――レッド・ドラゴンとして、王としてこの矢をアースが用いる事を許可する』

そんな宣言を受けると、新しい称号が手に入った。称号名は「竜骨の矢の使い手」、効果はシンプルで【竜骨の矢】によるペナルティを受けない事である。

『これだけあれば、最初から最後まで使い続けたとしても矢が尽きる心配はなかろう。お前はもうすでに十分な装備を身につけているからな、我々が用意できるのはこの矢だけだった。だが、腐っても我々ドラゴンの力が残っている矢だ。お前が進みたい道の前に立ちふさがる壁を突き破る手助けになるだろう。遠慮せず持っていけ』

と、レッド・ドラゴンの王様は言う。それならば、遠慮なくもらっていこう。とにかく大量にあるのでアイテムボックスに入れるだけで一苦労だ。

途中から人化したグリーン・ドラゴンの皆さんが手伝ってくれたが、それでも全て収めきるまでに一時間弱かかってしまった。おかげでアイテムボックスはもういっぱいいっぱい。

塔に上る前に、調達が簡単なものは全て現金化しておいた方が良いだろう。

「確かに頂戴いたしました。この矢に恥じぬ戦いと結果を出せるように最大限の努力をいたします」

そんな事を自分が口にすると、ドラゴン達がみな首を横に振った。あれ？　なんか間違えたか？

そう考え始めた自分に、声をかけてきたのはグリーン・ドラゴンの長だった。

『そう硬く考えなくて良いのですよ。私達はあくまで友の旅立ちに餞別を渡したかったというだけなのです。あなたが成果を出すために努力する事に対しては疑いなど持っていません。あなたはもう、過去の戦争や有翼人との戦いなどでそれを十分に証明しています。そうして我々とともに戦った戦友がまた、新しい戦いに挑もうとしている。本音を言うならば、一緒に行きたいぐらいです』

次に口を開いたのはブルー・ドラゴンの長。

『しかし、あの塔には特殊な決まりが存在している影響で、それは叶わぬそうだからな。ならば、せめて我々にできる事をしたいと思ったまで。あー、その、料理を要望したのは、最初からこの矢を渡そうとしたらお前は受け取らぬのではないか？　という意見もあったからだ。こちらが料理を無理にもらったのだから、その報酬とすれば受け取りやすくなるだろうという事でな』

あー、料理を大量に要求された理由はそれか。

単純に最後に目いっぱい堪能しておきたいだけだろうと思っていたが、違ったんだな。

『ですが、あなたは墓場の同胞を解き放ってくれました。結局、こちらが多くもらってしまった形となりましたね……』

これはホワイト・ドラゴンの長。まあ、あの現象はこちらとしても予想できなかった。それでもいい方向に転んでくれた……んだよね？　少なくとも呪いがかかるとか、あのお墓の雰囲気が悪化するとかはなかったから。

完全に偶然の産物なので、苦笑するしかない。

『そういうわけじゃ、遠慮などするでない。その矢を使って盛大に暴れてくれればいいんじゃ。それを楽しみにさせてもらうぞ』

ブラック・ドラゴンの長はそう言ったあとに笑みを浮かべた。

なら、その希望通りに頑張りますかね。よく暴れておるなとブラック・ドラゴンに満足してもらえるように塔の攻略を頑張ろう。

『我々はあまり他の種族とは関わらぬが……お前とは出会えてよかった。進む道の先に、栄光が待っている事を祈っているぞ』

イエロー・ドラゴンが微笑むようにそんな言葉をくれた。自分は軽くお辞儀して応える。

最後に口を開いたのはレッド・ドラゴンの王様だ。

『イエロー・ドラゴンの長が口にしたように、お前との出会いは喜ばしいものだった。我らの記憶と歴史に、お前の名前は長く残る事となるだろう。アースよ、お前は我らの友だ。できる事なら、お前も我々の事を最後まで忘れないでいてくれると嬉しい』

いやー、むしろインパクトが強かったから忘れる事の方が難しそうです……

さて、そろそろここを発つ時か。アクアに大きくなってもらい、出発前の最後の点検を行う。忘れ物はないいな？　もう戻ってはこないのだから、忘れ物をしたら取りに来られない。

「あれもある、これもある、置きっぱなしにしたものは何もないな……よし、忘れ物はなし！　アクア、では行こうか」

「ぴゅい！」

最終確認の後、ドラゴンの王様と長達に対して頭を下げてアクアの上に乗る。

さあ、出発といったところで「まってー！」という女の子の声が。この声の主は確かレッド・ドラゴンの娘さんの――とそこで、背中に何かがぶつかった衝撃で顔からアクアの背中に突っ込んだ。

アクアの羽がクッションになって、全く痛みはないが……何事!?

「ご、ごごごごめんなさいー！　慌ててしまって止まれませんでしたー！」

ぶつかったのは、やっぱりレッド・ドラゴンの王様の娘さんだった。

人化状態ではなくドラゴンの姿だけど。

急いで飛んできたはいいが、減速しきれずに自分の背中にぶつかってしまったのだろう。

『何をやっているのだ、お前は……このあともっと訓練してもらうぞ』

レッド・ドラゴンの王様が呆れと心配混じりの声をかける。

まあ、結構な衝撃が来たんだよね……妖精国に来た頃の自分だったら多分ぶっ飛ばされたあとに、落下ダメージを食らって死んでるんじゃなかろうか？　ってぐらいの感じがした。

今なら体力は全然減らないけど。

「アース様、申し訳ありませーん！　ですが、最後のお別れもできずに行ってしまわれるのは嫌です！　これが永久の別れなのですから、最後に一言だけでも――」

そんな事を言われたら無下にできないじゃないか。レッド・ドラゴンの王様も口には出さないが、目で少しだけ付き合ってやってくれって感じを漂わせているし。ま、いい。

言葉は思いつかないので、そっと抱きしめてあげた。まだ彼女の体が小さいからできる事だね。

「ふわわ、あったかいです……とってもいいです……」

反応に困る声を出さないでおくれ……ブラック・ドラゴンの長から向けられる視線がちょっと冷たいものになったんだからさ。ほどよく抱きしめたあとにそっと離す。

自分の行動で察した娘さんは、ふわっと浮かび上がった。

「元気でね」

「アース様も。いつまでもお元気で」

このやり取りが、ドラゴン国における最後の会話となった。アクアが空に浮き上がる――そしてあっという間にドラゴン国を飛び立った。

後ろは振り返らない。名残惜しくなってしまうから。

さて、いよいよ挨拶回りも残すはサハギン族と海の人魚、妖精国だ。妖精国は最後に向かうつもりだから、まずはサハギン族の村に行こうか。アクアとの行動も、あとわずかだな……

20

アクアに乗って、サハギン族の村にやってきた。ここは変わらないな……ただ、どのサハギンの皆さんも元気よく動き回っている。どうやら、新しい問題が発生しているといった事はないようだ。

アクアから降りて、ゆっくりと歩いていく。

「あ、あなたは！」

「どうも、お久しぶり。長老様はいらっしゃるかな？」

自分の存在に気が付いたサハギンの男性が話しかけてきたので、長老様の様子を伺う。

だが、自分がそれを口にすると、サハギンの男性はやや顔を曇《くも》らせる。

「長老様は、最近あまり具合が優れないらしくて……ですが、あなたであればお会いしても良いでしょう。案内させていただきます」

との事。ならば、一応自分も長老様の姿を見て、なんらかの病気であるならば薬を都合しよう。

そう決めて長老様のもとへと出向いたわけだが……長老様を見ると、かなり老け込んでいた。

静かに横になっている。

「これはお久しゅうございます……このような姿で申し訳ありませせぬ」

「お気になさらないでください。こちらこそ突然押しかけるような形になってしまい、申し訳ございません」

恐らくだが、これは寿命だろう。

寿命であるならば、どうしようもない。静かに送ってあげる以外ない……

「いえいえ、あなた様の来訪であれば拒《こば》む者はおりませぬ。して、本日はいかがいたしましたか？」

「実は、世界を回ってお世話になった方々への最後の挨拶回りをしております。ご存じでしたでしょうか、突如現れた塔の存在を」

自分が説明すると、長老様はわずかにだが頷いた。

「ええ、若い者達から聞いております。突如天を衝《つ》く高い塔が現れたと。警戒はしておりましたが、今のところ世界に害をなす存在ではないと……なるほど、そこに挑まれる、と」

「はい、そして中に入れば外には二度と出られぬという事なのです。ですので、中に入る前に最後の挨拶回りをしているというわけでして」

長老様は一度ゆっくりと目を閉じてからしばし思考し、そして再び目を開いた。

「そうでしたか……こうして顔を見せに来てくれた事、誠に感謝いたしますぞ……あの時、あなた様をはじめとした方々の手助けがあったからこそ、我々はこうして生きており──儂《わし》はこうして静かに天命に身を任せる事ができております。飢《う》えるのではなく、苦しむのでもなく、穏やかにいられるのです……そして今、恩人であるあなた様の顔を見る事もできました……満足です」

長老様は笑った。本当になんの邪気もない透き通った笑みを浮かべた。

自分はそんな長老様に、黙って頭を下げた。塔に挑まなかったとしても、これが今生の別れとなったのだろう。でも、こうして逝《い》く前にここまできれいな笑みを浮かべられる人はどれだけいるだろうか？　満足だと言える人はどれだけいるだろうか？

「さて、こんな老人の相手ばかりも飽きるでしょう……若い衆にも、あなた様のお顔をお見せにな
られてください」

「分かりました――それでは、失礼いたします」

これ以上、長老様に喋らせて負担をかけるのもよろしくない。

自分は長老様に頭を下げ、その場をあとにした。

すると……サハギン族の皆さんが次々に集まってきた。

「最後の挨拶回りという事ですので、我々も集まらせていただきました」

「あなたに助けられた恩は、一日たりとも忘れた事はありません」

「今日一日だけでも、ここに泊まって楽しんでいってください」

などと言われて歓迎された。なので、今日一日はサハギン族の皆さんと過ごす事にした。

一緒に食事をし、興味深そうに集まってくる子供達の相手をしたり、さらには結婚したカップル
から、私達の子供なんですよと紹介されたり。

こうやって新しい命が生まれて受け継がれていくのであれば、この先もサハギン族は安泰《あんたい》だろう。

「ところで、人魚の皆様へも挨拶に向かわれるのですよね？」

「ええ、明日向かおうと思っています」

人魚の皆さんにも、顔を出していく予定だ。空の一件にかかりきりだったから、近況がどうなっているかさっぱり分からない。大きな問題が起きていなければいいのだが――

大きな問題が起きていたら、サハギン族の皆さんにも伝わっているか。サハギン族の皆さんがこうして穏やかなのだから多分大丈夫、のはず。

「そういえば、あなたの世界の方でも大きな事件があったそうですが……」

「――ええ、とんでもない悪党が世界を我がものにしようと、悪事を働いていたんですよ……なんとか、阻止できましたけどね」

空の世界であった事を、かいつまんでサハギン族の皆さんに教えておいた。

どうやら詳しい話は全く伝わっていなかったようだ。

話を聞き終えたサハギン族の皆さんは、とんでもない悪党がいたもんだとか悪い奴はどこにでもいるんだねみたいな、呆れ半分恐ろしさ半分みたいな感じで受け取っていた。

「そんな奴らに立ち向かっていたんですね」

「もちろん自分一人じゃありませんけどね。大勢の信頼できる仲間とともに戦いました。残念な事に、その大半が帰ってくる事ができませんでしたが……」

改めて振り返ると、正直よく生きてたよな自分、という感じだった。一つでも失敗したら、間違いなくあそこで消滅していただろう。

無論、失敗しないために全力で行動して、必死に抗ったわけではあるが。

「まあ、奴らはもういません。当分は平和だと思いますよ」

「そうあってほしいですね……前に長老が言っていましたよ。世界は安定期と動乱期があると。以前の動乱期に長老は子供だったらしいですが……その時よりも今回の動乱期の方が規模が大きくとんでもなかったと」

安定と動乱か……確かに世界はその繰り返しか。

ただ今回はプレイヤーの存在と、巨悪がうごめいていたという二重の要素が絡んで大きくなったんだろうな。そして巨悪は落ち、プレイヤーもあと少しで消え去る。そうなればこの世界はまた静かに、穏やかになるだろう。国家間で戦争が勃発《ぼっぱつ》しなければだが。

そんな会話をしながら、出された食事を食べていく。まあ生で食べる魚ばっかりなんだけど、これはサハギン族の皆さんの食文化なのだから仕方がない。醤油とか、レモンなどで味をつけて食べているので問題なし。

やがて日も落ちて、それぞれが家に帰っていく。

自分も今日一日借りた家の中でログアウトしてこの日の「ワンモア」での活動を終えた。

◆　◆　◆

そして翌日、小さくなっているアクアを頭に載せて、人魚さんとの連絡役を務めているサハギン族の方と一緒に村をあとにする。サハギン族の皆さんは総出で見送ってくれた。もう二度とここに戻ってくる事はないが、彼らのこれからに幸あれと心の中で祈らせてもらった。

そして、人魚さんとの連絡場に到着する。

「ちょっとこちらが早く着きましたね。少しだけお待ちを」

「構いませんよ、のんびり行きましょう」

急いだってどうにかなる話ではない。切羽詰《せっぱつ》まっているわけではないのだから、のんびりと待てばいい……

たわいのない話をしながら待つ事十分ほど。人魚さんがやってきて水面から顔を出した。

「やっほー、こんにちは～」

「ええ、こんにちは。変わりはないですか？」

やってきた人魚さんは金髪のロングヘアーでかわいらしい方だった。自分の記憶にはないな……とりあえず、サハギン族の方と定時連絡を始めたので邪魔をしないように静かにしておく。そんなやり取りが数分あったのち、話は自分の事に移った。

「噂だけなら届いているよ。塔が人族の街近くに現れたんだってねー」

「ええ、その塔はどうやら冒険者の挑戦者を待つような感じなんです。で、入ったら二度と出てこられないという事なので……その前に最後の挨拶回りをしているという感じでして」

ここの挨拶回りが終わったら残すは妖精国だ。

それが終われば、いよいよラストダンジョンとなる塔へのアタックが始まる。

「赤鯨《あかくじら》と戦ったあなたなら、誰も拒まないから行きたいという頼みは問題なしだよ。むしろ、連れてこなかったら私が怒られちゃう」

「はは、ではよろしくお願いします」

「では、私はこれで。アース様、あなたに会えてよかったと、サハギン族を代表して言わせていただきます。そして、これからも良い旅を」

こうして連絡役のサハギンさんとも別れて、自分は人魚さんと一緒に水の中へ。

このまま海へ向かい、人魚さん達に最後の挨拶をする。皆元気でいてくれると良いが。

21

やってきた海だが……実に穏やかだった。時々サメがやってくるが敵意はなく、こちらを見たらすぐさま離れていく。

敵意がないならこちらも戦う理由はなく、スムーズに人魚さん達の街にたどり着いた。

そして、人魚さん達の会議場に移動する。

「おや、懐かしい顔だね」

「お久しぶりです。世界を旅立つ前に最後の挨拶に来ました」

こちらは覚えていないのだが、向こうは自分の顔を覚えていたらしい。

やってきた理由を告げ、そのあとは地上で何があったのかをかいつまんで伝える。

「そうか……こちらはあの赤鯨以降、大きな問題は起きていないよ。穏やかなもんさ……殺気立ってる奴らもいないし、海は正常な状態を維持している。おかげでこちらも、平和そのもの。それも、そちらが負けてたら一瞬で壊れていたんだろうねぇ。知らなかったとはいえ、すまなかった」

そんな風に言われてしまった。なのでここでも、自分一人じゃなく大勢の人との協力でなんとかしたと伝えておく。自分一人じゃ絶対勝てなかった戦いだから。

「おぼろげながら噂は聞いていましたが」

「実際に戦った人から話を聞くと、とんでもないですね」

「釣りをしていた人達も、そして私達ものんきすぎました」

なんて言葉もいただいてしまった。釣りをしていた人というのは、釣りに没頭《ぼっとう》しているプレイヤーの皆さんだろう。釣りギルドも複数あるし、彼らはモンスターとの戦いなんかよりも魚を釣り、その魚を調理して食べる事を楽しみとしている。

だから基本的に世間一般の事に疎《うと》くなる傾向があるのかもしれない。

その後も様々な人魚さん達と入れ代わり立ち代わり色々な話をしたが、基本的にあの赤鯨がこの海から消えた直後の多少のごたつき以外は、海は基本的に平和だったようだ。

赤鯨のような異様な存在が現れる事もなく、他の種族との全面戦争みたいな物騒な出来事もなく。海に異常がないかを確認するパトロールは怠っていないそうだが、異常なしとの事らしい。

「それはいいですね。極端な揉め事やら戦いやらは基本的にない方が良いのですから」

「ただ、それでたるむ部分が出ているのも事実ですね……平和な時こそ、しっかりしないといけませんから」

自分の言葉に対する返答がこれであった。で、たるんだのは戦闘要員として訓練している人魚の皆さんだそうで。特に赤鯨との戦いを経験せず、そのあとに入隊した人魚さん達にその傾向があるらしい。

そのせいで頭が痛いと言っている人魚さんがいるので、一肌脱いだ。分かりやすく言えば、そのたるんでいる人魚さん達を相手に模擬戦を行う事を提案したのだ。自分VS複数で。

人魚の皆さんは願ったりかなったりという事で話は進み、あっという間に舞台が整った。

水中という自分達の得意なフィールド、相手は一人という超絶有利な条件で模擬戦を開始して――はい、ぼっきぼきに心を折ってあげました。

なお、そこまで心を折ったのは人魚のトップからのお願いだったからである。

「少々ではなく、とことん灸《きゅう》をすえてやってほしい。それぐらい痛い目を見ないと、多分あいつらは理解しない。私達が叩きのめしても人魚同士なので、経験の差で勝てないのは当然と言い訳をされて、イマイチ響かなくてな」

その怒りに満ち満ちた言葉を聞いて自分は了承し、とにかく心を折った。ノーダメージで全員を叩きのめした。装備のおかげもあるが、赤鯨のあとに様々な場所で積んだ戦闘経験もあって、こんなひよっこレベルの人魚さん達の攻撃なんぞ当たるわけがない。突きも鈍いし動きも遅い。

こんな体《てい》たらくで赤鯨と戦っていたら、数分も持たずに餌《えさ》にされていただろう。

「なんで……」

「水中で、人間に、勝てないって……」

「悪夢よ……」

「ぼろ負けするなんて……嘘でしょ……」

数回戦って全て同じ結果になった事で、たるんでいた人魚さん達は皆ぼろきれのように漂いながらうなされていた。そしていいタイミングだと判断したのだろう、戦闘を指導する教官らしき人魚が数人、彼女達の近くに行った。

「まあ、勝てないとは思っていた。だが、一回も攻撃を当てられないというのは論外だ！　お前達がいかにたるんでいるか分かったか！　というか、外から見ていたら分かった事だが、お前達は目いっぱい手加減されていたからな？」

事実である。というか本気を出したら殺してしまう。加減がかなり難しいのだ——改めて雨龍師匠、砂龍師匠の腕は本当にすごかったんだなと、こんなところで再確認してしまった。

こうして師匠にはますます頭が上がらなくなっていく。

もう直接会う事はないとしても、心の中に師匠はずっといるものだ。

「あの。ごめんなさい。私とも手合わせをお願いします」

「私ともお願いします」

自分の戦いを見て何かを感じたのか、他の人魚の戦士の皆さんからも手合わせを望まれた。なのでそれを全部受けて戦いまくる。

さすがに戦闘経験豊富な人魚の戦士に水中で挑むとなればかなり手ごわい。が、それでも空の上での戦いと比べてしまうと……どうしても格が落ちる。

無論、人魚さん達側も一方的にやられるわけではないが……自分にまともな一撃を入れられた人魚さんはいなかった。まあ、これはひたすら戦っていた側と訓練しかしていなかった側との差が明確に出た感じがする。決して人魚さんが弱かったわけではないのだ。

自分としても、上下左右お構いなしに縦横無尽にやってくる人魚さん達との戦闘は得るものが多々あった。こういう上手さが、たるんでいると言われていた子達にはなかったんだよなぁ。

「良い経験をさせていただきました」

「いえいえ、こちらこそ」

そんな感じで模擬戦は無事に終了した。ただ、たるんでいると言われていた人魚さん達の目が、化け物を見るような怯えたものになっていたのがちょっとなぁ。自分達のフィールドでボコられればそりゃショックを受けるのも無理はないだろうが。でも基本的に訓練不足だからね、君達は。

その後は宴会になった。様々な海の幸を美味しくいただく。その宴会の最中、先ほどの模擬戦でたるんだ連中の心をしっかり折ってくれて感謝すると、人魚さんのトップから言われた。

これで彼女達も訓練の指導に従うようになるだろう……多分やりすぎていないよね？　折るぐらいで済んだよね？　擦り潰していないよね？

そんな心配こそあったが、宴会自体はとても楽しく過ごせた。いろんな話もできたし、来てよかったなと素直に思う。また、若干名が今の自分の武器に強く興味を持ったので、じっくり見せてあげた。製作者の情報などは契約があるので口にできないが。

装備を見て興奮し、今後の製作に活かしていくとも言っていた。どんなものができるのか楽しみだが、自分がそれを目にする機会はやってこないのが残念だな。

でも、それも仕方がない。もう、ここにはいられないのだから。

今日の宴が終わればここでログアウトして、明日は妖精国に向かう。挨拶回りも大詰めだな……

22

ついに妖精国に入った。いよいよ最後の挨拶回りもこの国でおしまいだ。

まず自分は、妖精国での最初の拠点、そしてゲヘナクロスの襲来の時にも利用した南の砦街《とりで》にある宿屋を訪ねた。砦の街は今日も賑やかで、あちこちから妖精達の談笑が聞こえてくる。

アクアにはいつも通り小さくなってもらって頭に載ってもらっているので、ぱっと見ではピカーシャだとは分からないだろう。

「あら、いらっしゃい。懐かしい顔が来ましたね」

「お久しぶりです、女将さん。お元気そうで何よりです」

宿屋の女将さんは一切老けた感じがしないあの時のままの姿で、宿屋の仕事をしていた。なんにせよ変わりないようで、ほっとした。

「本日はいかがなさいました？　お泊まりですか？」

「ええ、泊まってもいきますが……今は知り合いに最後の挨拶をするための旅の途中なんです」

それを聞いて、女将さんはやっぱりという表情を浮かべた。

「先日、人族の街の近くに現れた塔にアースさんも挑むのですね。実は、数名ほどこの宿屋を利用してくださった人族の方が、同じような事を言って最後の挨拶にいらっしゃっています。なので、大体察しがついたんです」

やっぱり自分以外にも最後の挨拶をしているプレイヤーがいる。

この世界の人と親密な関係を構築したプレイヤーはそれなりにいるのだから、最後のけじめとしてちゃんと挨拶をする人がいないはずがないな。

「ええ、女将さんのおっしゃる通りですね。自分もその話に出てきた塔に挑むために、挨拶をして回っていました。あの塔、どうやら中に入ると二度と出られなくなるようなのです。塔の中に休憩できる場所などはあるらしいのですが」

と、塔に関して分かっている事を大雑把に女将さんに伝える。

「他の方が言っていた事と一致しますね……しかし、あの塔を作った方はいったい何が目的なのでしょうか？　一度入ったら二度と出さないという事を事前に教え、休息できる場所は作っておく……閉じ込めて右往左往する姿を見たあとに命を奪うのが目的という感じはしませんが、私にはよく分かりませんね」

　こちらの世界の住人からしてみれば、女将さんのような意見が多そうだ。閉じ込めてなんらかの犯罪を行うのならば、目標を閉じ込めてしまうまで教えないのが合理的。

　しかし、あの塔に入れば二度と出られないという事はきちんと先に説明されている。何がしたいんだよ、って感想になるだろうね。

　プレイヤー側はこれがラストイベントだから、そんな事は疑問に思わないのだろうが。

「ええ、ですのでそれを知るために塔のてっぺんを目指そうと思いまして。何せ私は冒険者です。冒険をしていないと存在意義が薄れてしまいますから。モンスターを狩って日々の糧《かて》を稼ぐなら、兵士とかになればいいわけですし」

　自分が女将さんにそう告げると、女将さんも冒険者ならそういう考えになるのもおかしくはないですねと口にした。実際、兵士のような生き方をしているプレイヤーもいる。彼らには塔に挑む選択肢は最初からなかったらしく、サービス終了まで兵士としての責務を全うするとかなんとか……

　これだけならいいロールプレイしてるじゃないかと思うでしょうが……どうにも下心があるようなんだよね。ダークエルフのメイドさんに入れあげているとか、上官が美人だとかかわいいだとかイケメンだとか、まあとにかくその辺の欲みたいなものがぐつぐつ煮えたぎっている感じがすると、誰かは語っていたそうな。

「確かに、あの塔の上には何が待っているのかは誰もが気になっていますね。ああではないか、こうではないかと酒場に集った人達が思い思いの予想を立てては話し合っていますよ。直接結果を伝える事は難しいでしょうが、ぜひあなたの目で見届けてきてください」

女将さんはそう言って微笑んだ。おっと、酒場で思い出した。

「ええ、なんとしてでも頂上にたどり着きますよ。それはさておいて……今も宿屋の一階が酒場や食事処になっているのでしたら、今日の夜だけ私が料理を出してもよろしいでしょうか？　最後に腕を振るっておきたいのです」

自分の申し出に、女将さんは即座に許可を出してくれた。

なのですぐさま仕込みに入り……そして夜を迎えた。たくさんの酒飲み達が集う。

『今日は特別な方が料理を担当していらっしゃいます。なので、普段とはメニューが違います事をご了承ください』

こんな立て看板がお店の外に出ている。で、出しているメニューは居酒屋で提供するような焼き鳥や揚げ物。そういうものばっかりでは口が疲れるので、漬け物や胡椒《こしょう》をきかせたポテトサラダなどの野菜系も用意してある。で、肝心の反応は――

「普段と違って変わった飯だが美味いな」

「この肉なんだろ？　美味しいんだけど、いや美味しすぎるんだけど、なんだか分かんないぞ!?」

「この野菜、ポリポリやりながらお酒を飲むと止まらなくなる」

「なんだか、昔こういうのを食べたような……？　いつだっけ？」

と、幸い受けている。焼き鳥の中に少しだけブル・フォルスの肉が混ざっているんだが、先ほどの人はそれを偶然引けた幸運な人だ。

確率で言えば一割よりもやや少ないから、大半の人は口にできない。

「女将さん、おかわり！」

「こっちも頼む！　酒だけじゃなくてこのポテトサラダって奴も追加で！」

「焼き鳥追加お願いしまーす！」

「この野菜をもう少しくださーい！」

注文はひっきりなしだ。宿屋の従業員の皆さんも忙しく走り回っている。

自分も料理のアーツを全力で使わないと、次から次へと入ってくる注文をさばけない。夜になる前に仕込んでおいた材料はとっくになくなっており、今は仕込みと料理を同時進行させている。

それにしても、お客さんよく食うな？

「注文入りました！」

「こちらもお願いします！」

「こちら……すみません、これはお酒の注文でした！」

店員さんが持ってくる注文票を一瞥《いちべつ》し、サクサク作る。というかサクサク作れないと詰まってしまう。いやあ、ここまでの注文ラッシュは久々だ。

でも、ここで腕を振るえるのは最後。ならば全力でこの注文の山をこなすだけ！

「こちらとこちら、あとこっちの注文された料理ができ上がりました。持っていってください！」

「はい！」

でき上がった料理はすぐに運んでもらう。次の料理のためのスペースがなくなるからね。

使い終わった食器は従業員の方が二人がかりですぐに洗ってくれている。そのおかげで、料理を盛りつける器がなくなるという事態を回避できている。

そのような戦いがついに終わりを迎え、お客さんが一人、また一人と帰り始める。

「これが最後の注文です！　ストップはかけました！」

「了解しました！」

ついにラスト・オーダーになった。最後の注文はポテトサラダか……すぐに作って盛りつけて、お出しした。いやはや、ドラゴンの国でもそうだったが、こっちでもいっぱい料理したな。

なのに、なぜ料理のスキルが上がらないんだか……スキルに対して料理の内容が簡単すぎるから経験になっていないと判断されたのかね？

休みなしで料理し続けるってのは、かなりの修練になると思うんだけどな。

「お疲れ様でした！」

「「「「お疲れ様でした!!」」」」

お客さんが全員帰ったあと、自分は従業員の皆さんにねぎらいの挨拶をした。皆さんかなりぐったりしていらっしゃる。まあ無理もないけどね……いやぁ忙しかった。

「女将さん、ここはいつもこんな感じですか？」

「実は近場にあった酒場が二軒ほど看板を下ろしましてね……まあ両方ともやっていた店主さんが年老いて引退したので仕方がないんですが」

ああー、そういう理由があったのか。それじゃお客さんは残った場所に詰めかけてしまうよ。

「新しい酒場ができる予定はないのですか？　さすがに今日のような忙しさが毎日では、従業員の皆様も持たないでしょう？」

自分が投げかけた質問に対する返答は——

「聞いてないですね」

「常連客も、さすがに混みすぎだろうと嘆いてますからねぇ」

「お客さんの中にも新しい酒場の情報を掴んでいる人は多分いません。噂になりますからね、そういうのは」

「こちらも心当たりはないですね」

との事。むむ、なんとかしてあげたいけど……さすがに心当たりがなさすぎる。

何より自分にはもうあんまり時間がない。こういう時は……友人を頼るか。

◆　◆　◆

翌日――ログインした自分は、南の砦街の宿屋をあとにすると城下街に入り、ゼタンと伴侶《はんりょ》のミーナ嬢のところにやってきていた。

「なるほどなぁ……あの宿屋が今はそんな事になってるとはな」

「ああ、かなり従業員がお疲れな状態でな……ゼタン、ミーナさんにその手の知り合いがいないかどうかを確認に来たんだよ。さすがに見過ごせなくてな」

客室に通された自分は挨拶して、昨日の宿屋で見た事を二人にありのまま伝えていた。

話を聞いたゼタンはソファに体を預けて腕組みをし、ミーナ嬢は目を閉じ、手をテーブルの上にそっと置いて思考している。そして数分後。

「うーん、とりあえず昔の伝手《つて》で知り合いに当たってみよう。確かそこら辺の事をやれる奴が数人ぐらいいたはずだ。向こうの状況次第だが、声をかけてみるとしよう」

「私の方は、直接関わりはありませんが、支援が得意な人材に心当たりがあります。そちらに当たってみましょう」

返ってきた言葉にほっとする。この二人がこのように言うのならば、多分大丈夫だろう。

自分にはこの手の繋がりはないから、最初から任せる以外の選択肢はないんだけどさ。

「よろしくお願いします。さすがにあの惨状《さんじょう》は放置できなかったので……」

自分がこう漏らすと、二人ともできるだけ早く手配しておこうと言ってくれた。これで、あの宿屋の従業員達も助かる事だろう。

あのまま放置したら、過労死一直線ってぐらいの客の数だったもんなぁ……一週間に一回ぐらいならあの混雑っぷりもいいだろうけど、毎日じゃ従業員が全員潰れちゃうよ。

「まあ、そっちは大船に乗ったつもりで俺とミーナに任せてくれていい。で、アース。今日ここに来たのはそれを伝えるためだったのか？」

そう言ったゼタンに、自分は最後の挨拶をするために世界中の知り合いのところを巡っていた事と、その旅もこの妖精国で最後だという事を話した。

「そうでしたか……アース様と会えるのは今日が最後なのですね。あなたがいなければ私は今ここにはいなかったでしょうし、ゼタンという最愛の伴侶を得る事もなかったでしょう。改めてお礼申し上げます」

そういえばミーナ嬢と初めて会ったのは、人族がゴブリンを使って彼女を誘拐しようとしている時だったか。そのピンチを救ったあとに、ミーナ嬢がゼタンに惹かれて、そのまま押しの強さでゴールインしたってのが、この二人の結婚に至るまでの過程だった。

「そうか、寂しくなるが、別れってのはいつか来るもんだから仕方がねえな。そして最後の挨拶に来たって事は、アースもあの最近噂になっている塔に挑むんだな？」

ゼタンの言葉に自分は頷いた。自分の反応を見たゼタンはにやりと笑う。

どうやら彼の予想していた通りの返答だったらしい。

「俺も体が無事でミーナと出会っていなかったら、絶対に挑む事を選択する場所だからな。アースが行かないとは思っていなかった。まあ、俺達じゃどうやっても挑戦できねえって事はすでに知ってるがよ。俺の分までしっかり冒険してこい！」

自分は再びゆっくりと、そして深く頷いた。

目などを失ってしまう前のゼタンともっと冒険したかったが……今となってはどうしようもない。彼の分まで存分に、最後まで冒険する事こそが、彼の思いに応える事になるだろう。

「ああ、しっかり冒険してあの塔の頂上に何が待っているのかを見てくるよ。もし、あの塔に入っても連絡手段が残されてたら必ず伝えよう」

そうして、自分とゼタンはがっちりと握手を交わした。彼と握手するのも、これが最後となるだろう。

「そういえばゼタン、学校の方はどうなんだ？　軌道に乗ってきている事は知っているが」

手を離した自分は、ゼタンの行っている妖精族の冒険者育成学校の調子を聞いてみた。

毎回大変だ、という話ばっかりなので、やっぱり気になっちゃうんだよね。

「ああ、ようやく落ち着いてきたという感じだな。女王陛下をはじめ、多くの人の支援を受けて校舎も広くなり、教師も大勢増えた。そのおかげで個人の求める冒険者像に寄り添う教育を施しやすくなってな……さらに、支援者の一人である妖精国一のダンジョンを動かしているマスターとの契約も成った。あそこのダンジョン街の一部に、こちらの学生を受け入れるための施設も作ってもらえてな。卒業前の実地訓練の質も大きく上がったぞ」

ここで言うダンジョンマスターってのはミミック三姉妹の事だよな？　彼女達と契約を結んだのか……あのダンジョンはこちらの世界の人であっても唯一中で力尽きても死なないダンジョン。

だからこそ、生徒の訓練にはもってこいか……痛い思いもするし、死なないとは言ってもやられる恐怖はある。でもそれをひっくるめての教育なんだろう。

痛い思いをするから、恐怖を知るから、それが経験となって身につく。

「ここでの挨拶が終わったら、そこのダンジョンマスターのところに行くよ。自分も面識があるからね。最後の言葉はけじめとしてきちんと言っておきたいから」

これに反応したのはミーナ嬢だった。

「あの、フェアリークィーン様への挨拶はないのでしょうか？　ここまで来たのにクィーン様に挨拶せずそちらに向かうという事は、そのまま妖精国をあとになさる予定なのですか？」

この問いかけに、自分は首を横に振る。

「もちろんフェアリークィーン様にも挨拶に行きますよ。しかし、砦街の宿屋の状況を考えて先にこちらに来たので、ダンジョンマスターのところに行ってからクィーン様に挨拶をして、人族の街に帰ろうと思います」

自分の返答を聞いたミーナ嬢は、安堵の表情を浮かべた。

うん、ここまで来てなんで私には挨拶に来ないの！　と切れたフェアリークィーンが不機嫌になり、しばらく周囲が戦々恐々とする事態には陥らない事を知ったからだろう。

まあ、出会った当初ならともかく、今のクィーンはそこまで狭量ではないだろうが。

「それを聞いて安心したぜ。女王陛下お気に入りのお前が自分のところにだけ来なかったなんて事になったら、どれだけお怒りになるか分かったもんじゃねえからな」

ゼタンはそう言うが、彼の表情を見れば本気でそんな事を恐れているわけではないと分かる。

「昔ならいざ知らず、今の女王陛下はそんな器の小さい事はなさらない。もちろん避ける理由は一切ない。面と向かって会えるのは最後なんだ、だからこそきちんと挨拶して妖精国を旅立つよ」

ここまで来てクィーンだけ仲間外れにするなんて真似をするつもりはない。なんだかんだ彼女とはいろいろあったが、やっぱり最後に会っておきたい大事な友人だ。

その友人をないがしろにするなんて選択は絶対にしない。

「ま、お前さんが挨拶をしていかないはずがないわな。あと、今日は泊まっていくんだろう？　あの塔が開くまではもうちょっとだけ時間があると聞いている。ここで休むだけの時間はあるはずだぜ？」

「ああ、もちろんだ。今日は厄介になるよ」

ログアウトまで、ゼタンやミーナ嬢との会話を楽しんでおきたいからね。

最後の機会なんだから少しでも引き延ばしておきたい。もう二度と関われない人達と別れを惜しむための時間はたくさん取るさ。

「では、最高のおもてなしをさせていただきましょう。爺《じい》や、来てくださいな」

「お嬢様、お呼びになられましたか？」

ミーナ嬢の声に反応して、すぐさまこの家に勤めている執事さんが部屋に入ってきた。

ミーナ嬢が小声でいくつかの指示を飛ばし、執事さんは数回頷いて「かしこまりました、すぐに手配いたします」と言い残して部屋を出ていった。

この日の夕食は、豪勢だった。食後にミーナ嬢のお母様も交えての談笑はとても楽しいひと時で、自分も非常に満足できた。

思い出話とこれからの理想を話し合い、お互いに激励し合う自分とゼタンとミーナ嬢の三人を、ミーナ嬢のお母様が満足げに眺めていたその顔は印象に残っている。

さあ、明日はダンジョン街へ向かおう。

◆　◆　◆

翌日、ログインした自分は、ゼタンとミーナ嬢の見送りを受けながら出発。

道中これといった問題は起きず、ミミック三姉妹のダンジョン街に到着した。

「ここは相変わらずすごい活気だなぁ」

「ぴゅい」

今日もここの街は大勢の人でごった返している。プレイヤーも多数おり、早くしろだとか追い込みをかけるなどの声が聞こえてくる。

我先に突撃していく彼らと違って、自分はのんびり目的のダンジョン入り口が設置されている建物内部に向かう。そうして目に入ってきた建物は……記憶の中にあったものより大きくなっていた。

（これだけ人が来るんだから、いろんな意味で儲《もう》かってるんだろうねぇ）

こちらの世界の人にとっては、唯一死ぬ事なく戦いの経験を積める貴重な場所だ。

それゆえに大勢の人が詰めかけて……そうなればますます様々な需要に応えるべく供給が生まれて、経済が回るって寸法だろう。

そうなると悪党も寄ってくるんだが、この街では悪さすると面白おかしい撃退方法が取られる。

(ここのダンジョンマスターの管轄《かんかつ》は、ダンジョンだけでなくこの街も含まれているからな。悪事を働けば一発でバレて即追放。だからこそ、これだけ大勢の人が集まってもここの治安はとても良い)

どこの国の街でも、一定以上の大きさとなれば治安の悪さを感じる場所がある事も少なくないのだが、ここにはそれがない。だからこそ、ゼタンの学校もここなら安心して学校の生徒を任せられるんだろう。

そんな事を考えつつ、建物の中へ。一階は食事やお酒が飲める食堂兼酒場として機能しているのだが……さて、ミミック三姉妹のうちの誰かここにいないかな？

「いらっしゃいませ、お客様はここのご利用は初めてですか？」

周囲を眺めていると、ここの職員と思われる妖精族の女性に声をかけられた。

どうも入ったあとに人に邪魔にならない場所に移動してきょろきょろしていたので、勘違いさせてしまったようだ。

「ああ、いいえ、ちょっと知り合いがここにいないかどうかを見ていまして……今日はククがウェイトレスとかで交じっていないのかな……」

そう答えたとたん、職員と思われる女性から突然殺気を向けられた。すでに彼女は戦闘態勢に入っており、あと一つきっかけがあれば腰にさげた片手剣を自分に向けてくるだろう。

なんでそんな対応をするのかが気にかかるところだが。

「クク様とはどういったご関係で？　あの方々はそうそう人前にお姿をお見せになりません。なのにそのお名前を知っているあなたは何者ですか？　返答によっては排除させていただく事になりますが？」

自分が来ていない間に、あのミミック三姉妹に何かあったのか？　ククが乱暴されたとか？　いや、彼女達は相応の力を持っていたはずだ。大の男数人に絡まれても、たやすく撃退できるはず。

それにこのダンジョン街のセキュリティはレベルが高い。そういった事への対応は非常に素早く、確実に行われるはず。

「ここが、こう大きくなる前から知り合ってましてね……自分はアースと申しますが、あと少ししたら人族の街に現れた塔に挑むので、最後の挨拶にここに伺った次第でして」

女性の反応は速かった。腰にさげた剣を抜刀し、自分の首を狙ってきたのだ。だが、残念ながら自分にとっては余裕をもって対処できる速度でしかなかったが。

剣の刃を左手の人差し指と中指で挟み込むように止めた自分を見て、女性の顔色は一気に悪くなった。それでも、刃に込める力を緩めようとはしない。

「いきなり何をするんですか。こんな攻撃をされる理由はないはずですが？」

「黙りなさい、この悪党！　あの方々を害するつもりでやってきたのでしょう！　この者を追放します！　準備を!!」

なんだ？　まさかまた自分の名前を騙《かた》って悪事を働こうとした奴が出たのか？

そうなれば義賊の子分達の力を借りて仕置きの一つもしないとならない……が、このあとに続く彼女の言葉を聞いて、そういうわけではないと知る事になった。

「あの素晴らしき女王陛下のお気に入りである人族の名前を出す時点で、私は詐欺師《さぎし》ですと言ったのと同じ！　人を言葉巧みに騙して財産や命を奪う外道《げどう》を私は決して許しはしない！」

どうも自分の事を詐欺師と断定しちゃったらしい、この女性は。何か過去にあったのかもしれないねぇ……周囲も事の成り行きを興味深そうに見守っており、さらに奥からは警備員らしき武装した人達がこちらにやってきている。

こりゃ完全に誤解されたなぁ……本当に、自分がいない時にこの街で何があったんだよ。

「この男か？」

「はい、クク様の名前を出して挨拶をしたいと言ってきました。得体が知れません、油断せずに捕縛、そして追放します！」

「了解した。おいお前！　それ以上抵抗するならこの場で即刻斬り捨てるぞ！　ここは自分の力を高めるべく努力する者が集う場所、その場を汚した罪は重いぞ！」

警備員の方々も全員武器を抜いたし……こりゃ誤解だと主張したところで、受け入れてはもらえないようなぁ。うーん、仕方がない、か。

最後の挨拶をしたかったんだけど、これ以上この場を騒がせてしまえば、ミミック三姉妹にもここに修練に来ている人にも迷惑をかけてしまうだけだ。

「ならば、この女性に剣を引くように言ってもらえませんか？　剣を引いてもらえば手向かいはしませんし、おとなしくここから出ていきます。彼女はいまだに剣に力を入れ続けていまして、離したくても離せないんですよ」

やんわりと、できるだけ丁寧にそう頼み込んだが――より剣に力が込められる。

「詐欺師の言葉など信用できるはずもありません！　そう言って私が剣を離せば逃げおおせてどこかに隠れ、何かまた別の悪事を企んで実行するのでしょう!?」

――なんでこうも初対面の女性から一方的に悪者扱いされなくてはならんのだ。あの方々はお会いになられません、とでも言うのであれば伝言を頼んで引き上げたのに。

名前もきちんと名乗ったのに、一方的に嘘つき扱いで詐欺師扱い。こちらはただ最後の別れをきちんとしたかっただけだ。

どうしてこっちの言葉を勝手に悪意があるものだと受け取られなければならんのだ。

「分かりました、ならばこのままでも構いません。静かにここから出ていきますから、それで――」

「それでは生ぬるい！　あの方々を害しようとしたのですから相応の罰《ばつ》を――」

この瞬間、自分は人差し指と中指で掴んでいた剣をへし折った。さすがにこうも悪し様《あざま》に罵《ののし》られ続けるのは我慢がならん。大人だからって、いつまでも理不尽な行為に我慢し続けなければならないというわけではないんだぞ？

へし折った刃の先を左手で握りしめ、粉々に砕いたあとに地面に落とす。落ちた刃は光となって次々と消滅した。

「いい加減にしろ。こっちに悪意があるだとか詐欺師だとか、それは全てそちら側の一方的な言い分、思い込みだろうが。こちらは大事な友人と最後の別れをするためにやってきたのだから、本当に知り合いかどうか確認の一つも取ればよかっただろう。それをなんだ？　いきなり刃を向け、人を一方的に詐欺師扱いし、挙句に罰を与えるだと？　人を馬鹿にするのもたいがいにしろ」

怒気のこもった自分の言葉に怯えたのか、剣を向けていた女性と警備員達が一歩下がる。

「そもそも、だ。お前はここのダンジョンマスターである三姉妹の方々を馬鹿にしているのではないか？　あの方々は悪党は素早く街の外へ排除する技術を確立し、この街は悪党がいない治安のよい場所として広く知られている事を知らぬとは言わせんぞ。自分も頻繁にここに来ているわけではないから最近何があったのかは知る由もないが、こうも初対面の人から一方的に悪党扱いされる覚えはない！」

自分の視線に圧されて、さらに一歩下がる女性。だが、彼女は――

「ふ、ふざけないで！　そちらが怪しい事は一目瞭然《いちもくりょうぜん》で――」

「そこまでになさい。あなたの行動は間違いだらけよ。今日限りであなたはクビね。ここの職員としての仕事はとてもこれ以上任せられないわ」

女性の言葉をさえぎって、そんな声が奥から聞こえてきた。そちらに目を向けると、ダンジョンマスターであるミミック三姉妹の長女――ミークがこちらに歩いてくる。

「私の大事な友人に刃を向け、詐欺師扱いし、罵倒《ばとう》した。悪いけど、私はそこまでされて許すほど寛大《かんだい》ではないの。そもそも、なぜ私に確認を取らずに勝手な真似をしたの？　私に面会したいという話は必ず通すようにと、あなた達にはいつも言ってきたはずよ？　会う会わないは私が決める事だと。忘れていたのかしら？」

言葉遣いは丁寧だが、その声色は冷ややかだ。

ミークはかなりキレていると見て良いだろう。

「それに、人の見た目だけで勝手に怪しいと決めつけたのも問題ね。怪しいから動きや言動に警戒する、というのは良いけれど……あなたはいきなり刃を彼に向けたようね。どう考えても悪党はあなたの方よ？　違って？」

　すかさず女性がミークに反論する。

「しかし、この男はクク様の名前を出してウェイトレスの中に交じっていないかなと侮蔑《ぶべつ》したのです！　ミーク様の妹がそんな事をするはずが――」

「しちゃいけない、なんて決まりはここにはないよわね？　それはあなたの中で生まれた身勝手な自分ルールでしょ？」

　おっと、今度はククの声が。声のした方に目を向けると、手を小さく振りながら挨拶してくるククの姿が。今日はウェイトレスとして働いてはいなかったようだ。

「さらに言うなら、あなたが仕事に出てきている時に私は何度もウェイトレスとして仕事をしていたんだけど気が付かなかったのかな？　これは趣味も兼ねてるし、ミークお姉様の許可ももちろんもらってやってるよ。それをやるはずないなんて、あなたが勝手に決めつけないでほしいね。ああ、警備兵の皆は呼ばれたから来ただけって分かってるからいいよ。引き上げてね」

　ククの声も、途中から冷徹になってきている。ああ、ククも怒ってるな。

　そんな彼女から逃げるように、引き上げていく警備兵の皆さん。

　まあ彼らは職務を果たしに来ただけだからな、自分も別に怒ってはいない。

「そもそもの話、あなたは男に財産を騙し取られ、行く先がないって言ってたから、ここで働いて新しい人生をやり直すチャンスを与えたつもりだったんだけど。何度も男性と揉めて、そのたびに男性を一方的に悪党扱いしちゃいけないって何度も丁寧に注意してきたよね？　でも、もうさすがに限界だね。私達の大事な友人をここまで罵ってくれたあなたをここに置く理由はないの。アースさんごめん、来るのが遅れちゃったよ！」

　そう言いながら自分に向かって手を合わせて頭を下げてくるクク。ミークとククにこう言われて、女性の顔はすでに蒼白だ。自分がとんでもない大失態をやらかしたと、やっと理解できたんだろう。

「さあ、出ていきなさい。今までのお給金に加えて退職金も出しますから、いきなり一文無しになるという事はありません。私達はあなたを騙した男のように財産を巻き上げるような真似はしませんから。ですが、この街は二度とあなたを受け入れない。それもまたよく覚えておいてください」

　そうミークに言われても、顔面蒼白のままうずくまっている女性。すると、女性の体が突如ベルトコンベアに載せられたかのようにスライドし始めた。そのまま建物の外まで移動させられると、彼女の体を大砲が呑み込んだ。

　久々に見るな。これがこの街のセキュリティの一つ。悪事を働いた人間は、こうして大砲で街から強制退去させられるのだ。ここまで来て、ようやく女性は再起動したらしい。

「ま、待って、待ってください！　今後は行動を改めます！　ご迷惑はおかけしません！」

　大砲の中から聞こえる女性のそんな懇願《こんがん》する声。だが、そんな言葉をククは一蹴する。

「その言葉、何回目だか覚えている？　今回で十回目だよ。私達はもう十分に機会を与えた。それを活かさなかったのは君。君の人生には同情する点もあるけれど、だからと言ってその苦しみを他人に向けて良いなんて理屈は許されないんだよ。もうね、私達は君に見切りをつけたんだ。ましてや、昔からの大事な友人にあんな事をしてくれたんだ、もう絶対に許さないよ」

そして、容赦なく女性を砲弾とする大砲が発射された。他の場所で同時に大砲が発射された音がしたが、あれはもしかすると女性の持ち物とかだったのかもしれない。

なんにせよ、これでやっとミミック三姉妹と最後の挨拶ができそうだ。

23

彼女達専用の部屋（つまりダンジョンの最奥）に案内された自分は、ククが用意してくれた桃のジュースを飲んで一息入れた。

やれやれ、最後の挨拶に来ただけなのにえらい騒動になってしまった。

「本当に申し訳ありませんでした。あの人がまさかあそこまで短絡的な行動をとる人だったとは……」

ミミック三姉妹の次女――ミーツも自分に対して深々と頭を下げた。

「十分に謝罪はいただきましたから、他の事を話しませんか？　こうして話ができるのも、あとわずかな時間なのですから」

自分が話を振ると、そうですねと前置きをしたあとに長女のミークがこんな事を口にした。

「アースさんが挑もうとしているのは、人族の街に現れたあの高い塔でしょう？　入ったら出てこられないという話はもう有名ですし、その塔に入るからという事で最後の挨拶に訪れた人が何人もいました。そして、そんな彼らや彼女らに伝えた事をアースさんにも伝えておこうと思います。実は、少し前に私のダンジョンの仕組みを覗き見された気配がありました」

ミークの言葉に、自分の目がぴくっと動く。

「覗き見するだけで他の、たとえばダンジョンの破壊やこちらの運営の妨害というのは一切ありませんでしたが。ですが、ダンジョンの仕組みを覗ける存在などまずいません。そのいないはずの存在がいた、そしてあの塔が建った。意味はお分かりになるでしょうか？」

自分は少し考えてからその答えを口にする。

「あの塔の中には、ここで使われていた罠やモンスター……だけでなく、仕掛け方や配置も参考にしている可能性が高い」

自分の答えを聞き、ミークはゆっくりと頷いた。

「私は自分が管理しているダンジョンの設定を、序盤は優しめに中盤以降は徐々にきつめになるように作っています。それを、覗き見ているとすれば模倣《もほう》する可能性はかなり高いでしょう。特に罠の連鎖や魔物の配置なども当然学んだはず……ほぼ間違いなく、私のダンジョンを覗いた存在と塔を建てた存在は同一であると見ています。ならば、あの塔の中も多分……」

そういう設定になっている可能性が高い、とミークは言いたいのだろう。

ここのダンジョンは、罠のコンボは結構容赦ないが……その難易度があの塔の中にも活かされているとなれば、かなり厄介だ。一つしかない一撃必殺の罠よりも、いくつもの小さい罠が連鎖して最終的に一撃が重くなる方が解除難度が高い。

数があるだけで解除に時間がかかるし、集中力も消耗する。さらに一回でも失敗してしまったら、そこからあれよあれよと罠にやられて殺されかねないえげつなさも加わる。

これは〈盗賊〉持ちプレイヤーを削ってくる展開が待っていそうだ。

「やれやれ、たやすい道のりであるとは最初から思っていませんでしたが。これは予想以上に厳しいと覚悟しておかなければならなそうですね……そして何より、ダンジョンマスターの許可なくダンジョンを覗けるほどの力の持ち主……」

そもそもそんな事が可能なのか？　という疑問がわくが、ここでダンジョンマスターであるミークが自分に嘘をつく理由が思い浮かばない。

だから覗き見されたというのは本当の事を言っているのだと考えて良い。

あの塔を建てた存在は、そういう事もできる、と。

（メタな予想を言ってしまえば、「ワンモア」の運営や開発がやったという事になるのだが――多分、それはなさそう。その手の興ざめするような事を、ここの運営や開発はしないと思う。だから、あの塔を建てた存在は、本当にそういった事ができるんだ。最後を飾るにふさわしい、と言える壁が待っているって事だな。「ワンモア」に限った話ではなく、最後には一番難しいものを持ってくるってのはある意味お約束だ。今まで以上の、有翼人達と行ったあの戦いよりもさらに辛いものがてっぺんには待っていそうだ）

ふう、とため息を吐いてしまう。

もちろん挑戦をやめる気はないけれど、今回の壁の厚さと高さは皆目《かいもく》見当がつかない。出たとこ勝負で全力でやるしかないという、計画も何もあったもんじゃない事になりそうだ。

「ですので、ちょっとばかり、そんな存在に嫌がらせをしようと思っています。最後の挨拶に来てくれた人達の装備の一部を強化して、塔の攻略難度を少しでも落としてやろうという事ですね。そこでアースさん、過去に私が渡した魔法の矢筒は？」

「ああ、それなら今でも使っていますよ。これですね」

装備から取り外して、ミークに渡す。この魔法の矢筒、【魔弾《まだん》の相棒《あいぼう》】はクラネス師匠の強化もあり、矢の射程と威力を一・五倍に強化、矢の属性攻撃の強化、特殊効果を個別に発生させる、矢が属性を纏う弓アーツのＭＰコストを軽減する、などといった効果を持っている。

地味に、しかし確実に自分の旅を支えてくれた逸品《いっぴん》である。

「ここをこうして、こうして……」

渡した【魔弾の相棒】を、ミークが虚空《こくう》から取り出したいくつかの細工道具らしきものであれこれいじっている。

その間、自分はミーツとククとともに、このダンジョンの今の様子について話をした。

「――という感じで、一部のダンジョン以外は常に人がいる状態だね。正直かなり忙しくて大変だよー」

「さらに、育成学校に合わせたダンジョンも個別に用意しましたからね……管理と調整で大変です。その分やりがいもありますし、私達に美味しい料理を持ってきてくださる方も多いので、楽しみもまた多いのですが」

賑わいすぎている、というのが正直な感想だ。昼も夜もダンジョン内に人がいて、大騒ぎな状態なのだろう。しかしそんな状況下でも、悪党が悪事を働こうとしたら例のセキュリティが起動して追い払っているのだから、大したものである。

前の話に戻ってしまうが、もし本当に自分が悪意を持ってククを探していたとすれば、即座にセキュリティに引っかかって退場させられていたのである。

「まあそれだけの人が詰めかける理由がこのダンジョンにはあるってのは、分かりますけどね。ますますここが栄える一方で、他のダンジョンは寂れるのかもしれないなぁ……」

が、この自分の言葉を首を振って否定したのは次女のミーツ。

「ううん、ここで経験を積んだら、一獲千金を狙って世界のダンジョンに向かう人はかなり多いですよ。パーティメンバーを見つけて死ぬほど訓練して、いざ本番と考えているみたいですね。ここは人気な分、宝箱にありつけない人の方が圧倒的に多いですから。でもそうやって出ていく人よりも来る人の数が上回っているんです。おかげで繁盛しているというわけで」

なるほど、モンスターを倒せばある程度のものは手に入るけど、本格的な収入となればやっぱり宝箱の存在が大事だ。お宝がびっしり入った宝箱を開ける瞬間こそが最高だと誰かが言っていた記憶があるが、その意見には同意できる。

実際、宝箱の中身を手に入れたとたん、一気に強くなるってのを経験したゲームプレイヤーはそれなりに多いのではないだろうか？

「それでも、塔に挑むために人が移動すれば、それなりに落ち着くのかな？」

「ええ、それまでの辛抱だと思って頑張っています。まさかダンジョンを中心としてこの一帯がここまで繁栄するなんて当初は思いもしませんでしたよ……さらに学校の校長が直接来て、ダンジョンと契約を結んでいくとか……お姉様はここまでの展開を読んでいたのでしょうか？」

さてねぇ……まあ、それでもこれだけ盛況ならば、ダンジョンマスターの部下であるモンスターの皆さんも文句はないだろう……多分。

逆に忙しすぎる、休暇をよこせと叫んでいるかもしれないが……

「これでいいですね。はい、新しい矢筒です。存分に使ってくださいね」

と、ここで作業を終えたミークが自分に【魔弾の相棒】を手渡してきた。

さて、どう変わったのかな？

ITEM

【魔弾の相棒・上位　アッパーレジェンド】

特殊効果：「装備者の全ての攻撃の射程を1・5倍に強化」

「装備者の全ての攻撃の威力を1・5倍に強化」

「矢の属性効果を大幅に引き上げ、特殊効果を個別に発生させる」

「矢が属性を纏う全ての攻撃のMPコスト25％軽減」

属性効果を引き上げる事以外は、矢限定だった効果が全ての攻撃に適用されるようになってしまってるんですが。

スネークソードや蹴りによる攻撃も大きく強化された事になる。これは素晴らしい装備品だ。

「人族ではこういうのを餞別、と言うのですよね。厳しい戦いに挑むあなたに、これぐらいはさせてもらいます。もちろん先に言った個人的な嫌がらせという目的もありますから、遠慮なく受け取ってください」

そういう事なので、ありがたく受け取らせてもらった。塔に挑む前に少しでも（これは少しでは済まないレベルの強化であるが）戦力強化できるのは実に助かる。

「なら、あなたの嫌がらせが実を結ぶようにあの塔を登りつめなきゃいけませんね」

「ええ、期待していますす」

なんて軽口をたたき合い、このあとはログアウトの時間ぎりぎりまでミミック三姉妹との別れを惜しみながら会話を楽しんだ。

明日はいよいよフェアリークィーンへの挨拶。

そして長く付き合ってくれたアクアとの別れか……

24

翌日、ログインした自分は予定通りにミミック三姉妹のダンジョンから旅立ち、妖精国の王城の中にいた。なお、入る時のチェックは顔パス。

門番の人に、自分がここを潜るのは最後になるので、今後自分の名前を出した奴は全員偽物ですと伝えておいた。過去にそういう事をやらかした奴がいたからな……

城に入ると待っていたとばかりに全ての段取りが整っており、十分もしないうちにフェアリークィーンとの面会が叶った。クィーンは各属性をつかさどる部下達だけをそばに置いた状態で玉座に座っていた。

ふむ、初めて会った時と比べて威厳も美しさも遥かに増したな。

龍ちゃんだけでなく、クィーンもまた成長した事が窺える。

「此度はわざわざ最後の挨拶に出向いてくださったとの事で……ありがとうございます」

クィーンはそう口にしたあとにわずかに頭を下げた。

「いえ、こちらこそ旅についてきてくれたピカーシャをはじめ、妖精国の皆様とは良い付き合いをさせていただきました。できる事ならもっと皆様とともにありたかったのですが――たとえあの塔に挑まなくとも、私は決められた時が過ぎればここを去らねばなりません」

ゲームが終われば、もうプレイヤーはこの世界に来られなくなる。

これはもうどうしようもない事だから。

「だからこそ、今まで旅をしてきた事で身につけた力で、かの塔に挑みます。そして、皆様ご存じでしょうが、あの塔に入ればもう二度と外の土を踏む事は叶いません。ですので、礼儀と今までの感謝を込めて、こうして最後の挨拶に伺わせていただきました」

自分の言葉を聞いて、クィーンが再び小さく頷いた。そして――

「そのあたりの事情はこちらも理解しております。それに冒険者たるもの、未知の世界があればそこに挑みたくなるものでしょう。止めはしません。ただ目的を達成される事をここから祈らせていただきます」

そう口にしたクィーンの姿は実に美しかった。

うん、名実ともにクィーンは妖精国の女王陛下となったと確認できたな。彼女はこれから先も長くこの国を導く良き女王であり続けるだろう。

もはや今の彼女には、あれこれわがままを言ってきた時の面影はない。

これならば、なんの不安も抱かずここから旅立てる。

「ありがとうございます。こちらも陛下のご期待に添えるように全力を尽くしてあの塔の頂上にたどり着き、何者があのような塔を建てたのかを知ろうと思います」

これで全て挨拶すべき場所は回った。あとはファストの街で塔に入れる時を待ちつつ、義賊の部下達がどういった結論を出したのかを知るだけだ。

それらが終われば、一年以内に塔のてっぺんに到達する事を目指すのみ。

「あの塔は、あまりにも奇妙にすぎます。なぜまっすぐ立てずにあのような二重螺旋《らせん》の形をとっているのか。現時点では塔の扉を開けて尖兵《せんぺい》を送り込んでくるといったような事はないようですが、一応毎日警戒はしていますす。中に待つものはいったいなんなのか……全く情報がありません。準備は万全にし、細心の注意を払われた方がよろしいでしょう」

クィーンの忠告に、自分は頷いた。確かに、内部の情報はあまりない。運営もそこら辺は意図的に出さないようにしているからね。

ただ、先日のミミック三姉妹のダンジョンを覗き見されたという一言からして、簡単じゃないって事だけは予想がついている。

「また、あの塔は人族と長く付き合ってきた同胞も受け入れないとの事。最後までともに戦いたいと考えている同胞達にとっては辛い仕打ちです。あの塔の創造主は人族の力だけでどこまでやれるかを推《お》し量《はか》りたいのでしょうか？　それとも妖精族がいると何かしらの不都合があるのでしょうか？」

イベントの都合、という事なんだろうけどね、メタな話をすれば。

無論、そんな事を口にはしないけれど。

「おそらくなんらかの都合が良くないのでしょう。それも、塔の最上階にいる主に聞いてみたいところです……答えを知っても、それを皆様方に伝える方法が残されているかどうかは分かりませんが」

外と内でウィスパーチャットをはじめとした連絡方法が制限される可能性は、十分にあるだろう。もし連絡手段があれば、それらの答えを知ったあとに教えてあげてもいいかもしれない。

「もし、なんらかの方法で伝える事が叶うなら教えてください。お待ちしております」

さて、そろそろ失礼するか。

女王としての仕事も多くあるはずだし、あまり時間を取らせてもいけない。

「それでは、そろそろ失礼させていただきます。これからも妖精国がより栄えていく事を、心より願っております」

「私達も、あなたが進む道の先に多くの幸せがある事をここから祈っております」

こうして、クィーンへの挨拶も終わった。

城の外に出て、裏に回る。ここなら人の目もほぼない……自分はここでアクアに本来の大きさに戻ってもらう。

「アクア、今までありがとう。そして、お別れだ」

「ぴゅい」

「ワンモア」世界で一番世話になり、一番密接に過ごしてきたのは間違いなくアクアだ。

この別れが一番きつい。もちろん今まで挨拶してきた人々との別れだって辛かった。

でも、やっぱり近くにい続けてくれたアクアとの別れが一番応える。

「元気でな」

「ぴゅぃい！」

そこから先は言葉にならない。

世界各地を回って、きつい戦いをともに乗り越えた相棒なのだ。楽しい時もともに過ごしてきた大事な相棒なのだ。

ここまで長い時間をともに過ごせる相棒なんてそうそう会えるものじゃない。

その相棒ともう二度と会えない。

涙の一つも流れるというものだ、止まらなくなるというものだ……

それでも、今日ここで別れなくてはいけない。その現実が重くのしかかってくる。

だがその重さをはねのけて前に進むしかないのだ。時間は決して後ろには戻らない。前に進むだけなのだから……しばしアクアと抱き合っていた自分だったが、どちらからともなく離れた。

「縁があったら、またな！」

「ぴゅい！」

さよならは言いたくない。だからそんな言葉を自分は口にしてアクアは応えた。

おそらくアクアも同じ気持ちであったのだろう。でも、もう振り返らない。

アクアはここに残り、自分は塔に挑む。それを決めたのは自分なのだから、ちゃんと行動しなければならない。

アクアと別れ、妖精国の中央街を出た。徐々に日が沈んでいくが、とてもじゃないが妖精国でログアウトする気にはならない。

一泊でもしてしまったら、またアクアに会いに行きたくなるに決まっている。クィーンに面会したくなるに決まっている。それを避けるために、一気にファストまで移動するのである。

モンスターも何回か見かけたが、襲ってこない奴は無視。襲ってきた奴は処理。夜なので敵意が強いモンスターが多いが、さすがにこんな場所で強敵は出てこない。

それに自分を見たら逃げていくのもいる……逃げていく奴らは、自分の戦闘力が分かるんだろう。

無理に追う事はしない。

そうして妖精国の国境を越え、通行書を返還した。これでもう物理的にも妖精国には戻れない。

そのまま夜の闇の中を一人ぼっちでファストに向かって歩き続ける。

アクアの声がないだけでこんなに静かで寂しいのかと痛感する。だが、この寂しさを味わうのは自分だけじゃない。今まで妖精を大事にしてきたプレイヤー皆が味わうのだ。

（皆きついだろうな……妖精とは付き合いが長いから。妖精と別れる日を少しでも延ばすために、塔に挑まないというプレイヤーもいるようだし――）

そのプレイヤーの気持ちはよく分かる。このきつい別れを少しでも先延ばししたいと考えるのも無理はない。もはや彼らはゲームのデータなどではなく、ともにあり続け、ともに戦い続けた相棒なんだから。

（それでも、前に進もう。それが自分の下した選択なんだから。その選択すらあやふやにしてしまったら、挨拶に行った時に応援してくれた皆に申し訳が立たない）

皆からもらった応援を裏切るわけにはいかない。裏切ってしまったら自分はその時点でただの屑《くず》になり下がってしまう。

それだけは嫌だった。そんな自分になってしまう事を想像しただけで、とてつもない嫌悪感を抱いた。

だから振り返らず前に進む。

屑な自分にならないために。

異世界ゆるり紀行
子育てしながら冒険者します
1~15
水無月静琉
Minazuki Shizuru
シリーズ累計
110万部(電子含む)突破!!
2024年待望のTVアニメ化!
1~15巻
好評発売中!
コミックス
1~8巻
好評発売中!
異世界ゆるり紀行 子育てしながら冒険者します
水無月静琉
転生したら双子を保護しました。
子連れ冒険者の異世界のんびりファンタジー!
子連れ冒険者ののんびりファンタジー!
神様のミスで命を落とし、転生した茅野巧。様々なスキルを授かり異世界に送られると、そこは魔物が蠢く森の中だった。タクミはその森で双子と思しき幼い男女の子供を発見し、アレン、エレナと名づけて保護する。アレンとエレナの成長を見守りながらの、のんびり冒険者生活がスタートする!
異世界ゆるり紀行 子育てしながら冒険者します
水無月静琉
みずなともみ
1
転生したら、幼い双子を保護しました。
シリーズ累計15万部!!
◉各定価:1320円(10%税込) ◉Illustration:やまかわ
◉漫画:みずなともみ B6判 ◉各定価:748円(10%税込)

月が導く異世界道中
Tsukiga Michibiku Isekai Dochu
あずみ圭
Azumi Kei
1~19
8.5
シリーズ累計360万部の超人気作!(電子含む)
TVアニメ第2期
2024年1月8日から
2クール
放送開始!
TOKYO MX・MBS・BS日テレほか
異世界へと召喚された平凡な高校生、深澄真。彼は女神に「顔が不細工」と罵られ、問答無用で最果ての荒野に飛ばされてしまう。人の温もりを求めて彷徨う真だが、仲間になった美女達は、元竜と元蜘蛛!? とことん不運、されどチートな真の異世界珍道中が始まった!
2期までに
原作シリーズもチェック!
●各定価:1320円(10%税込)
●illustration:マツモトミツアキ
1~19巻好評発売中!!
漫画:木野コトラ
●各定価:748円(10%税込)●B6判
コミックス1~13巻好評発売中!!

Re:Monster
リ・モンスター
金斬児狐
Kankiru Kogitsune
1〜9・外伝 8.5
暗黒大陸編1〜3
シリーズ累計150万部（電子含む）突破!
TVアニメ化決定!!
ネットで話題沸騰!
怪物転生ファンタジー
最弱ゴブリンの下克上物語 大好評発売中!
Re:Monster リ・モンスター 金斬児狐
転生したのはまさかの最弱ゴブリン!?
ネットで超人気! 怪物転生ファンタジー開幕!
【小説】
1〜9巻／外伝／8・5巻
◉各定価：1320円（10%税込）
◉illustration：ヤマーダ
新章
Re:Monster 暗黒大陸編 リ・モンスター 1
最弱ゴブリン 最強黒鬼 そして新世界の伝説へ!
新たな旅が今始まる!
65万部!
新シリーズ!
【小説】
1〜3巻（以下続刊）
◉各定価：1320円（10%税込）
◉illustration：NAJI柳田
コミカライズも大好評!
Re:Monster リ・モンスター 1
転生したのは… 最弱ゴブリン!?
異世界下克上サバイバルファンタジー
累計23万部突破!!
待望のコミカライズ!!
【漫画】
1〜10巻（以下続刊）
◉各定価：748円（10%税込）
◉漫画：小早川ハルヨシ

この作品に対する皆様のご意見・ご感想をお待ちしております。

おハガキ・お手紙は以下の宛先にお送りください。

【宛先】

〒150-6008 東京都渋谷区恵比寿4-20-3 恵比寿ガーデンプレイスタワー 8F
（株）アルファポリス　書籍感想係

メールフォームでのご意見・ご感想は右のＱＲコードから、
あるいは以下のワードで検索をかけてください。

アルファポリス　書籍の感想　検索

ご感想はこちらから

本書はWebサイト「アルファポリス」（https://www.alphapolis.co.jp/）に投稿されたものを、改稿、加筆のうえ、書籍化したものです。

とあるおっさんのＶＲＭＭＯ《ブイアールエムエムオー》活動《かつどう》記《き》29

椎名《しいな》ほわほわ

2023年 12月 31日初版発行

編集－今井太一・宮田可南子
編集長－太田鉄平
発行者－梶本雄介
発行所－株式会社アルファポリス
〒150-6008 東京都渋谷区恵比寿4-20-3 恵比寿ガーデンプレイスタワー8F
TEL 03-6277-1601（営業） 03-6277-1602（編集）
URL https://www.alphapolis.co.jp/
発売元－株式会社星雲社（共同出版社・流通責任出版社）
〒112-0005 東京都文京区水道1-3-30
TEL 03-3868-3275
装丁・本文イラスト－ヤマーダ
装丁デザイン－ansyyqdesign
印刷－中央精版印刷株式会社

価格はカバーに表示されてあります。

落丁乱丁の場合はアルファポリスまでご連絡ください。

送料は小社負担でお取り替えします。


ISBN978-4-434-33106-0 C0093